MW01236100

SIMON &
SCHUSTER

LIBROS EN
ESPAÑOL

EL REGALO

DE TIEMPO

RICHARD PAUL EVANS

TRADUCIDO POR CÉSAR CALDERÓN

SIMON & SCHUSTER

LIBROS EN ESPAÑOL

SIMON & SCHUSTER
Rockefeller Center
1230 Avenue of the Americas
New York, NY 10020

Diseño de Pei Loi Koay
PRODUCIDO POR K&N BOOKWORKS

Hecho en los Estados Unidos de América

1 3 5 7 9 10 8 6 4 2

Datos de catalogación de la Biblioteca del Congreso: puede solicitarse
informacion.

ISBN 0-684-82426-4

Para mi esposa, Keri,
y para mi madre,
June,
quienes me han dado vida.

A GRADECIMIENTOS

s un placer expresar mi cariño y amor por las siguientes personas:

Mi esposa, Keri, y Jenna, Allyson y Abigail, por compartir a su padre con el mundo.

Mis dos Lauries: Laurie Liss, no podría desear un mejor agente y amiga, y mi editor, Laurie Chittenden, gracias por venir, gracias por mejorar *El Regalo de Tiempo*. Carolyn Reidy, MaryAnn Naples, y todos mis amigos en S & S que creyeron podríamos hacer historia con *El Regalo de Navidad* y así fue. Isolde Sauer y Beth Greenfield por su ayuda en la edición posterior. Mary Schuck, William Barfus, Janet Bernice y la invaluable asesoría de la Sociedad Histórica de Utah. Ann Deniers, Chris Harding y Beth Polson, por creer en los signos. A mi hermano Mark por todo. Evan Twede, por su amistad, perspectiva y TGIFriday's. Mary Kay Lazarus y Elaine

Agradecimientos

Pine-Peterson. A los Beutlers: Bill, Cora, Scott. Mike Hurst, John Stringham, quien hizo este libro posible en muchas formas. Al Senador Robert F. Bennett y Michael Tullis. Al Alcalde Deedee Coradini y al Gobernador Mike Leavitt por invitar al mundo a Salt Lake City. Paul Byron, sexton del SCL Cementerio. A mis padres, David y June Evans, por su trabajo en The Christmas Box Foundation y, por supuesto, por todo los demás. Ortho y Jared Fairbanks quienes esculpieron el ángel. Cathi Lamment de SHARE Pregnancy & Infant Loss Support, Inc.

Y a los soñadores que están unidos con brazaletes de oro, mi hermano, Barry J. Evans, Celeste Edmunds, Shelli Holmes y Michael Feldt. Gracias por su apoyo.

Para más información sobre SHARE Pregnancy & Infant Loss Support, Inc., comuníquese al: 1-800-821-6819.

MATERIAS

Lo único seguro en la niñez es que ésta termina.

e parece sorprendente la perseverancia del ser humano para escapar, aun sin éxito, del inevitable olvido; un hecho que se constata nada más y nada menos que en las antiguas pirámides y en la vara que utiliza un niño para dejar grabado un nombre en la acera recién pavimentada. Queremos dejar nuestra huella en el cemento no fraguado del tiempo, como un indicio de que alguna vez existimos.

Quizá esto es lo que motiva a nuestra especie a llevar un diario, de esta manera, las futuras generaciones sabrán que alguna vez amamos, odiamos, nos preocupamos y reímos. ¿Y qué importancia tiene todo esto? Tal vez sólo se trata de un gesto poético, porque al final, los diarios mueren con sus autores. O por lo menos así lo pensé alguna vez. He aprendido que esta práctica va más allá de eso. Cuando narramos nuestras vidas y las circunstancias que las rodean, nuestras perspectivas y nuestras razones de ser, lo que encontramos finalmente es nuestra propia reflejo. Es precisamente este reflejarse en el espejo lo que tiene valor. Aquí está lo que tengo que decir al respecto y mi conclusión es la siguiente: si escribimos un sólo libro en la vida, que sea nuestra autobiografía.

Los subastadores de bienes raíces no le otorgaron ningún valor al recuerdo más valioso que quedó en el ático de la mansión Parkin. Se trataba de los diarios forrados en piel de David Parkin. Toda una vida de esperanzas y sueños, sin importancia alguna para quienes únicamente aprecian los dividendos en efectivo, producto de una subasta. Los diarios llegaron a mis manos poco después que nos mudamos de la mansión y fue en las páginas del diario de David, en donde encontré el verdadero significado del último deseo de MaryAnne Parkin. Por eso he decidido compartir sus palabras a través de mi relato, ya que sin ellas la historia quedaría incompleta.

Y aun cuando no se trate más que de un simple gesto poético, está bien justificado.

Ya que la poesía, al igual que la vida, se justifica por sí misma.

CAPÍTULO UNO

El Reloj del Abuelo

De entre toda la gente, los relojeros y los funerarios deben poseer un sentido muy desarrollado para establecer prioridades. Se pasan la vida, día a día, contemplando el paso incesante del tiempo, y por tanto su fin.

DIARIO DE DAVID PARKIN. 3 DE ENERO DE 1901.

uando era niño, vivía aterrorizado por un reloj, un espectro oscuro y presagioso que me doblaba la estatura, y adquiría incluso mayores dimensiones en mi imaginación. Este artefacto se ubicaba en el pasillo de madera de la casa de mi infancia.

Era un reloj de caoba, que terminaba en dos picos de madera que se enroscaban como cuernos de diablo, en la parte superior. Tenía una carátula repujada en latón, manecillas negras torneadas, y un péndulo plano del tamaño de un plato pequeño.

Hasta la fecha recuerdo el sencillo pero imponente embrujo de su timbre metálico. A pesar de mi juvenil insistencia, y la consternación de mi padre, nunca se usó el silenciador, lo que implicaba que el reloj sonaba cada quince minutos, día y noche.

En ese entonces yo creía que el reloj tenía alma propia, una creencia que no cambió mucho con la edad o la experiencia acumulada. El nombre correcto de este tipo de reloj era *Long Case*, hasta que una canción popular de salón del siglo XIX inmortalizó a uno de éstos y le cambió el nombre para siempre. La melodía se llamaba «El Reloj de mi Abuelo». Durante mi infancia, más de medio siglo después de que se compuso, siguió siendo una canción infantil muy popular. Cuando tenía cinco años ya sabía la letra de memoria.

> *El reloj de mi abuelo era demasiado grande para la repisa,*
> *así que estuvo durante noventa años en el piso,*
> *Era lo doble de alto que el viejo,*
> *aunque pesaban lo mismo.*
> *Lo compraron la mañana del día en que nació,*
> *y siempre fue su tesoro y orgullo,*
> *Pero de pronto se detuvo para nunca volver a sonar*
> *cuando el viejo murió.*

Mi miedo al reloj del pasillo se fundamentaba en el último estribillo:

Pero de pronto se detuvo para nunca volver a sonar,
cuando el viejo murió.

Cuando era niño, mi madre era muy enfermiza y frecuentemente estaba en cama afectada por enfermedades que yo ni siquiera podía pronunciar, mucho menos comprender. Con el razonamiento y la imaginación de un niño, llegué a creer que si el reloj se detenía, mi madre moriría.

Con frecuencia, mientras jugaba a solas en medio del silencio de nuestra casa, después de que mis hermanos se habían ido a la escuela, de pronto sentía como el pánico se apoderaba de mi corazón y corría a la habitación oscura de mi madre. Mientras escudriñaba por la puerta, esperaba hasta que podía ver el sube y baja de su pecho, o escuchaba el primer indicio de su respiración. En ocasiones, cuando ella había pasado un día particularmente difícil, me quedaba toda la noche despierto en mi cama, escuchando el timbre del reloj cada cuarto de hora. En dos ocasiones me aventuré escaleras abajo para ver al temido oráculo y verificar si su péndulo seguía con vida.

La característica más demoníaca del reloj era una rueda en forma de luna pintada a mano, situada en la parte superior de la carátula sobre el arco. Místicamente, la rueda giraba con la luna menguante, lo que daba al reloj un aspecto ficticio que, como niño, me transformaba y me desconcertaba como si de algún modo el artefacto conociera las artes misteriosas del universo. Y la mente de Dios.

De acuerdo a mi experiencia, todos los niños ven fantasmas.

◆

Esta noche, justo afuera de mi estudio hay un Reloj del Abuelo similar, una de las pocas antigüedades que mi esposa y yo recibimos de MaryAnne Parkin, una amable viuda con quien compartimos una casa poco antes de su muerte, hace casi diecinueve años. Su esposo David le regaló el reloj el día de su boda, y durante nuestra estancia en la mansión, ocupaba el lado oeste del vestíbulo de mármol.

David Parkin era un acaudalado hombre de negocios de Salt Lake City y un coleccionista de extraordinarias antigüedades. Antes de su muerte, en 1934, acumuló una gran colección de exquisitos muebles, biblias, y, sobre todo, relojes. La mansión de los Parkin estaba llena de artefactos de tiempo de todo tipo, desde relojes de bolsillo contenidos en estuches de porcelana, hasta relojes solares labrados en piedra. De su vasta colección de relojes, el Reloj del Abuelo, que ahora descansa afuera de mi puerta, era el más valioso de todos; una maravilla de arte e ingeniería del siglo XIX y el trofeo de la colección de David. A pesar de todo, había un reloj al cual le tenía mayor afecto. Uno que tanto él, como MaryAnne, apreciaba sobre todas las cosas: un reloj de pulsera de oro en forma de rosa.

Apenas once días antes de su muerte, MaryAnne Parkin me había confiado la custodia de ese reloj en su testamento.

—Un día antes de que entregues a Jenna, —me exhortó, mientras le temblaban las manos y la voz al entregarme la herencia—, regálale esto.

Me sorprendieron sus palabras.

—¿Como regalo de bodas? —pregunté.

Negó con la cabeza y reconocí esa vaguedad tan característica en ella. Me miró con tristeza y forzó una sonrisa frágil—, ya sabrás lo que quiero decir.

Me pregunto si realmente creía que cumpliría su deseo o si simplemente pensaba que se lo había prometido sólo para tranquilizarla.

Hacía ya diecinueve inviernos desde que Keri, Jenna y yo habíamos compartido la mansión con la bondadosa viuda, y aunque en varias ocasiones pensé en sus palabras, el significado todavía me era desconocido. Me obsesionaba el hecho de no poder entender algo que para ella, alguien que comprendía tan bien el significado de la vida, merecía tanta importancia.

Esta noche, arriba en su alcoba, mi hija Jenna, una joven de veintidós años, está absorta en los quehaceres propios de último minuto de una futura novia. En la mañana la entregaré a otro hombre. Me embarga una oleada de melancolía al pensar en el vacío que dejará en nuestro hogar y en mi corazón.

¿El regalo? ¿Qué materia fue la que reprobé en el curso de paternidad?

Me recargué en mi silla y admiré esa exquisita reliquia. MaryAnne recibió el reloj en 1918 e incluso entonces ya era antiguo: fue fabricado en una época en la que la artesanía era semejante a la religión, mucho antes de que existieran las actuales reproducciones impersonales del mercado de producción masiva.

El reloj estaba contenido en un armazón de oro finamente pulido en forma de rosa. La carátula era perfectamente redonda, con pequeños números grabados debajo de un cristal cóncavo. A cada lado de la carátula, tenía presillas de oro con grabados muy elaborados en forma de conchas de venera, que unían la carátula con el estensible, también en oro, completando el juego en forma de rosa. Desde entonces, nunca antes he visto una pieza tan hermosa.

Desde el obscuro pasillo afuera de mi estudio, el timbre del Reloj del Abuelo interrumpió mis pensamientos como si tratara de atraer mi atención.

Este enorme reloj siempre me había producido gran curiosidad. Al principio, cuando nos mudamos a la mansión Parkin, el reloj estaba ubicado inútilmente en el salón de arriba. En una ocasión le pregunté a MaryAnne porqué no lo mandaba reparar.

—Porque no está descompuesto, —respondió.

◆

A pesar del enorme aprecio que le tenemos al reloj, parece como si en nuestro hogar estuviera fuera de lugar, como si fuera una reliquia de otra época, un atril olvidado luego de que los actores han terminado su parte y abandonan el escenario. En una de esas partes se encuentra la historia de David y MaryAnne Parkin. Y también el enigma del reloj.

CAPÍTULO DOS

MaryAnne

Salt Lake City, 1908

"Hoy vino a mi oficina una joven a solicitar empleo. Es una mujer atractiva, y, aunque vestida con sencillez, transmitía simpatía y calidez, una característica muy agradable comparada con la generalidad de las mujeres de sociedad con quienes me topo frecuentemente y exhiben el frío refinamiento de un juego de té de plata. Procedí a conocerla, ofenderla, y contratarla, todo en el transcurso de media hora. Su nombre es MaryAnne Chandler y es inglesa.

"Existe una extraña química entre nosotros."

DIARIO DE DAVID PARKIN. 16 DE ABRIL DE 1908.

hispas eléctricas semejando fuegos artificiales brotaban de los cables suspendidos de un tranvía, al tiempo que el retumbo frágil y continuo de su campana, perforaba el bullicio de las calles invernales de Salt Lake City. Al paso del tranvía, MaryAnne echó un vistazo al otro lado de la acera cubierta de una mezcla de nieve y lodo; se alzó la falda por sobre los talones y cruzó la calle, pasando entre carretas y coches ligeros que se alineaban en el tramo opuesto a la acera de cemento. Casi a mitad de la calle, MaryAnne entró por una puerta marcada con unas letras doradas y en forma de arco: OFICINAS CENTRALES DE PARKIN MACHINERY CO. Al cerrar la puerta, los sonidos invernales se desvanecían en medio de la cacofonía industrial humana. Al sacudirse la nieve de sus hombros, observó alrededor del gran recinto.

El techo alto estaba sostenido por columnas corintias de madera oscura de las cuales colgaban herrajes de latón con lámparas de gas. En el piso de madera estaban dispuestos una serie de escritorios fabricados en madera de maple, cada uno reposaba sobre una pequeña alfombra que delineaba el espacio de trabajo de cada empleado.

Un barandal de caoba separaba el área de trabajo de la entrada y el hombre que ocupaba el escritorio más cercano a ésta, recibió a MaryAnne con la típica indiferencia de un oficinista. Se trataba de un hombre calvo, vestido con traje y chaleco de lana, que llevaba una cadena de oro a lo ancho de su amplia circunferencia.

—Vengo a ver al señor Parkin en relación a un empleo secretarial, —anunció MaryAnne. Se quitó la pañoleta del cabello, dejando ver una tez fina y grandes pómulos bien definidos. Su belleza atrajo el interés del empleado.

—¿Tiene cita con el señor Parkin?

—Sí. Me espera a las nueve. Llegué unos minutos antes.

Sin dar explicación alguna, el oficinista se paró del escritorio y desapareció a través de una puerta de roble que se encontraba cerca de la parte posterior de la enorme sala. Minutos después, regresó seguido de otro individuo, un joven de treinta y tantos años y apariencia impecable.

El hombre poseía un rostro agradable con facciones fuertes, pero no dominantes. Era de estatura media y bien proporcionada, de cabello castaño oscuro, con raya de lado y echado hacia atrás de acuerdo al último grito de la moda. Tenía ojos azules celeste y su mirada reflejaba gran interés por todo lo que se movía a su alrededor. No llevaba saco, lo que dejaba ver el frente plegado de su camisa y las ligas que le sujetaban las mangas. Se movía de manera informal aunque con confianza, lo que revelaba su jerarquía dentro de la empresa.

—¿Señorita Chandler?

—Sí.

David le extendió la mano—. Gracias por venir. Por favor sígame, —dijo señalando la puerta por la que acababa de salir. MaryAnne lo siguió a través de la puerta, después por un corredor de caoba hasta la escalera. De pronto ella detuvo a su acompañante al pie de la escalera.

—Señor, ¿le puedo hacer una pregunta…?

El se dio la vuelta y la miró—. Sí, claro.

—Cuando me dirija al señor Parkin, ¿lo debo llamar «señor Parkin» o «Señor»?

El joven se quedó pensando en la pregunta—. Le gusta que le digan «Su Majestad».

MaryAnne enmudeció.

—Estoy bromeando, señorita Chandler. No creo que le importe cómo lo llame.

—No quiero alabarlo. Simplemente agradezco el poder entrevistarme con alguien tan importante como el señor Parkin. Espero poder causarle una buena impresión.

—Estoy seguro que así será.

—¿Por qué lo dice?

—Porque yo soy David Parkin.

MaryAnne se ruborizó. Se cubrió la boca con la mano—. Es tan joven para…

—¿…ser millonario?

MaryAnne se sonrojó aún más, ante lo cual David rió—. Lo siento señorita Chandler, debí haberme presentado correctamente. Por favor suba a mi oficina.

Subieron por la escalera al segundo nivel y entraron a una oficina de la esquina que daba hacia la Segunda Sur y la Calle Principal. La oficina era grande y los estantes y armarios de madera de cerezo que se alineaban contra las paredes, estaban llenos de libros y varios relojes de repisa, utilizados para detener los libros y como artículos decorativos. También, decorando la oficina, había no menos de una docena de otro tipo de relojes sobre las repisas u oscilando en las paredes. Ni siquiera en un aparador de relojería, MaryAnne había visto semejante congregación. Sonaban fuerte y MaryAnne se preguntó cómo es que alguien podía concentrarse en un lugar así.

En el centro de la habitación descansaba un hermoso escritorio de caoba, tallado a mano con una superficie repujada en piel color oro, teñida en verde intenso y matices color ocre oscuro. A un lado estaba una mesa, en ella, un dictáfono con una gran batería en la parte inferior.

—¿Me permite su saco? —David se ofreció, ayudando a MaryAnne a despojarse de la prenda húmeda en los hombros.

—Gracias.

MaryAnne se sentó en una silla de madera, se acomodó el vestido y colocó las manos en su regazo, mientras David regresaba a su escritorio.

—Tiene muchos relojes.

David sonrió afablemente—. Los colecciono. Justo en punto de la hora hay todo un alboroto.

MaryAnne sonrió—. Ya me lo imagino.

David se sentó en su escritorio—. Su acento la delata. Usted es de Inglaterra, ¿no es cierto?

MaryAnne movió la cabeza afirmando.

—¿De qué parte de Inglaterra?

—De un suburbio en Londres. Camden Town.

—Estuve de paso por ahí hace algunos veranos. En las afueras de Regent's Park. De cuando en cuando paso algún tiempo en Inglaterra, voy a las subastas.

La joven sonrió—. Conservo gratos recuerdos de Regent's Park.

David se inclinó hacia adelante en su silla—. Su carta dice que cuenta con experiencia en el ramo secretarial.

—Sí. Tengo tres años de experiencia en mecanografía, conozco tanto la máquina Hammond como la Remington. Sé taquigrafía Pitman y soy miembro de la Sociedad Fonética. He usado el dictáfono, —contestó señalando a la pesada mesa que estaba a unos metros del escritorio—. Un modelo Edison como éste. También tuve a mi cargo el archivo durante seis meses. —Luego, mientras levantaba la vista para ver una hilera de relojes, añadió—: Y soy muy puntual.

David sonrió por la referencia con los relojes.

MaryAnne cogió su bolso y sacó un legajo de papeles—. Traje unas cartas.

David aceptó los papeles—. ¿En dónde adquirió esas habilidades, señorita Chandler?

—Trabajé en Marley and Sons Glasiers como asistente del señor Marley. Cuando el señor Marley se enfermó, me despidieron. Murió poco después. Luego trabajé en la papelería Walker en la Calle Principal.

Mecanografiaba las facturas y llevaba un registro de los recibos. La tienda cerró a raíz de la muerte del señor Walker.

—Esto no es un buen presagio, señorita Chandler. ¿Acaso todos sus empleadores la despiden por causas tan melancólicas?

—Me gustaría creer que preferían morir a despedirme.

David sonrió ante lo rápido de su respuesta—. Así parece. ¿Cuánto ganaba?

MaryAnne pasó saliva nerviosamente—. Necesito doce dólares a la semana.

David miró las cartas nuevamente—. En su último empleo duró únicamente dos semanas... —David hizo una pausa, invitándola a responder.

MaryAnne vaciló antes de contestar—. No pude satisfacer las expectativas de mi supervisor.

David se sorprendió ante su honestidad—. ¿Qué fue exactamente lo que le parecía tan desafiante?

—Preferiría no decírselo.

—Agradezco su franqueza, señorita Chandler, si la he de contratar de buena fe, es vital que conozca sus limitaciones.

—Sí, —accedió MaryAnne. Desvió la mirada de su

interlocutor y tomó aire. —Que me sentara en sus piernas.

David se enderezó.

MaryAnne se sonrojó—. Que me sentara en sus piernas —repitió—. Mi supervisor quería que me sentara en sus piernas.

—Ah, —contestó David—, en esta oficina no se encontrará con nada de eso. —Y cambio el tema rápidamente—. ¿Por qué vino a vivir a Salt Lake City? No es un lugar al que uno llegue por accidente.

—Mi padre vino de Inglaterra con la esperanza de hacer dinero con lo que quedaba de la fiebre de oro. Cuando llegamos él se enteró que en California ya no había suficiente oro y que los descubrimientos importantes estaban controlados por grandes empresas, pero que recientemente habían descubierto un gran yacimiento de plata en Salt Lake City. Por eso mi padre decidió establecerse aquí con toda la familia. En ese entonces yo apenas tenía siete años.

—¿Su padre vino a trabajar en la minas?

—No. A venderles cosas a los mineros. Mi padre decía que era más fácil sacar oro de una bolsa, que de un río.

—Era un hombre inteligente. Nunca antes había

visto a tantos tontos trabajar tan duro, para obtener dinero fácil y terminar con tan poco. ¿Cómo le fue en el negocio?

—Desafortunadamente mi padre no gozaba de buena salud. Murió poco tiempo después de haber llegado al valle. El Oeste no es un lugar tan fácil para un hombre acostumbrado a la vida cómoda que permite una buena posición social.

—¿Su padre pertenecía a la nobleza?

—Fue el segundo hijo de un barón.

David la estudió con cuidado, mientras apoyaba el mentón sobre sus manos—. Y eso la convierte a usted en…

—En nada, porque soy norteamericana.

David asintió—. Mucho mejor, —dijo. Luego se reclinó, entrelazando los dedos detrás de la cabeza—. Un título provoca demasiados problemas y resulta arrogante.

MaryAnne le dirigió una mirada, convencida de que la había ofendido, o por lo menos a sus antepasados—. ¿Qué quiere decir?

—Creo que su Gracia estaba diciendo, —dijo David, adoptando un acento británico exagerado. —Su Excelencia, La Más Noble, Su Honorable, Venerable,

Duque, Duquesa, Acendado, Lord, Lady, Barón, Baronesa, Visconde, Marquesa, Conde. —Exhaló fingiendo exasperación—. Se trata de un negocio como todos y es demasiado complicado.

—¡Se está burlando!

David hizo un movimiento con la mano—. No. No. Simplemente me divierte todo este espectáculo.

MaryAnne se reclinó, con los brazos cruzados en actitud defensiva—. En Estados Unidos existen las castas.

—Es cierto. Pero en Norteamérica están a la venta.

MaryAnne se ruborizó, acto seguido, se puso de pie, bajándose la falda al mismo tiempo—. Creo que debo irme, señor Parkin.

Su respuesta lo tomó por sorpresa y la sonrisa desapareció de su rostro.

—La he ofendido.

—En lo más mínimo—, respondió ella, levantando la barbilla indignada.

—Sí, la ofendí. Lo siento. Por favor no se vaya.

MaryAnne no dijo nada.

—Discúlpeme, señorita Chandler. No era mi intención ofenderla. Puede atribuir mi rudeza a mi pobre educación norteamericana. Seguramente no podrá culparme por ello.

—No, pero sí tenerle lástima.

—*Touché,* —respondió David, sonriendo.

MaryAnne tomó su abrigo del perchero y se lo puso. David se dirigió a la entrada—. MaryAnne, me gustaría que trabajáramos juntos. Le pagaré dieciocho dólares a la semana, si decide aceptar, podría empezar de inmediato.

MaryAnne enderezó la barbilla con orgullo, manteniendo un aire de indignación—. Lo veré el lunes por la mañana al cinco para las ocho, señor Parkin.

David sonrió—. Será un placer, señorita Chandler.

CAPÍTULO TRES

David Parkin

"Mi nueva secretaria manifiesta una mezcla peculiar de costumbres inglesas y sensibilidad norteamericana. Disfruto su compañía aunque parece de naturaleza más bien reservada; quisiera que no fuera tan formal."

DIARIO DE DAVID PARKIN. 29 DE ABRIL DE 1908.

na hora después del cierre de la semana, Gibbs, el gerente de la empresa, subió la escalera con dificultad, mientras había juegos malabares con las copas que llevaba en cada una de sus manos regordetas. Para cuando llegó a la oficina de David, estaba agitado. Colocó las copas licoreras sobre el escritorio y anunció—: Te traje un poco de oporto.

David permanecía de pie detrás de su escritorio, hojeando un manual forrado en piel. Llevó el volumen a su escritorio y se sentó.

—¡Ah!, estás bien entrenado Gibbs. O por lo menos eres oportuno. Gracias. —Se inclinó sobre el libro.

Gibbs puso una silla frente al escritorio y cogió una de las copas—. La mina Salisbury ahora pertenece a una nueva trituradora de minerales y nuestra cuenta va creciendo.

—Bien hecho, Gibbs. Es un buen año.

—Todos han sido buenos. —Gibbs miró a su alrededor—, ¿Ya se fue tu chica?

—¿MaryAnne?. Sí, no va a regresar.

—No has comentado mucho respecto a ella.

David continuó leyendo, y respondió a la observación únicamente con una inclinación de cabeza.

—¿Es eficiente?

David quitó la mirada del volumen—. Es maravillosa. De hecho me estoy encariñando con ella.

Gibbs empujó la silla hacia atrás—. ¿Encariñándote con ella? ¿Por qué?

David cerró el libro—. Representa todo un enigma para mí. Posee la ética laboral de la esposa de un granjero y el refinamiento de alguien con educación. —Dio un trago—. Lo mejor de todo es que no se trata de una característica adquirida, sino de un refinamiento natural.

—¿Refinamiento? —Gibbs rió—. Desperdiciado en gente como tú.

David sonrió—. Sin duda. —Dejó el vaso encima del escritorio y luego prosiguió—. Sin embargo, es como utilizar a un cerdo para encontrar una trufa.

—Podría decirse que es la analogía perfecta…

—Tal vez no tanto, —replicó David.

Gibbs rió—. Su vestimenta es bastante común.

—Corrección. Se trata de una mujer humilde que esconde la nobleza tras los harapos.

—Y tú, un hombre rico con una imagen ordinaria. Qué incongruencia.

—Es perfecto.

—¿Por qué?

David se recargó en la silla—. Dos diferencias establecen un equilibrio. Funciona en las matemáticas, y en la vida real también.

Gibbs sonrió—. ¿Todavía continúas hablando de una simple secretaria?

David analizó consternado la expresión de su asociado.

—He hablado más de la cuenta y tú sin duda, has escuchado más de que lo dije. —Alzó su copa hacia la luz—. ¿Hay rumores entre las mecanógrafas?

—Algo. Les gusta el escándalo y si no lo encuentran, lo inventan.

—Entonces supongo que de alguna manera les estoy haciendo un favor. —Se recargó sobre el archivero—. De cualquier manera, me gustaría que no fuera tan formal.

En ese preciso instante el primero de los relojes de manto de chimenea sonó anunciando la séptima hora, seguido inmediatamente por un coro de campanas, gongs y timbres, todos llevando la cuenta de la hora con una voz distinta. Gibbs, ya acostumbrado al pandemonio de cada hora, se esperó a que éste acabara. Después continuó—. Creo que te estás buscando problemas, David. El amor y los negocios no se llevan bien.

—Gibbs, me sorprendes. ¿Qué sabes tú del amor?

Su socio limpió con la lengua el borde del vaso y después lo dejó sobre el escritorio—. Sólo sé que la lombriz esconde el anzuelo.

—Eres un cínico.

—¿Y tú no?

David frunció el entrecejo—. Debo serlo.

Gibbs asintió con la cabeza. Había crecido con

David en el pueblo minero de Grass Valley en California, y sabía lo que David quería decir.

La madre de David lo había abandonado cuando era todavía un niño y le había robado ya de adulto.

Rosalyn «Rose» King, una cantante de salón de talento mediocre, se casó con Jesse Parkin, el padre de David, creyendo que algún día éste último descubriría la veta madre. Diez años después la pareja sólo había procreado un hijo y eran dueños de una mísera mina conocida como la Eureka.

Cuando David cumplió los seis años de edad, Rose abandonó el sueño de Midas y dejó todo, incluyendo a David. No fue sino hasta la solitaria y nada digna de celebrarse Navidad de ese año cuando David aceptó que su madre ya no volvería.

Trece años después del mes en que Rose se fue, la mina Eureka hizo honor a su nombre. El descubrimiento de oro en la mina llegaría a ser uno de los más grandes en la historia de California.

Jesse cedió la mina al cuidado de su hijo, se construyó un rancho de mil seiscientos acres en Santa Rosa y se estableció allí como todo un caballero del Oeste. No habían pasado ni dos años desde la transferencia cuando Jesse se cayó de un caballo y murió instantáneamente a causa de una fractura de cuello.

Gibbs acompañó a David cuando su amigo enterró a su padre en las faldas del Monte Santa Elena lamentando su pérdida enormemente.

A la primavera siguiente, David recibió una carta de una madre que ya no conocía. Rose había regresado al Oeste, a Salt Lake City, y al enterarse de la fortuna y el reciente fallecimiento de su marido, se aventuró a indagar si la había considerado en el testamento. Al descubrir que David era heredero universal y que aún no se había casado, lo invitó a que se fuera a vivir con ella, pero antes, le pidió que primero le enviara dinero urgentemente.

Sin atender a los consejos de Gibbs, David vendió la mina. En una época en la que el ingreso anual promedio apenas superaba los mil dólores, la Eureka había devengado dos millones.

David le envió veinticinco mil dólares a su madre y compró, sin siquiera verla previamente, una gran mansión en Salt Lake City para que vivieran juntos.

Para cuando David y Gibbs llegaron al Valle de Salt Lake en la primavera de 1897, su madre ya se había llevado el dinero, mudándose a Chicago con un hombre a quien había conocido apenas tres semanas antes. Lo único que le dejó a David fue una gran pena que quedó grabada para siempre entre las páginas de su diario.

Toda la fuerza que poseía David financieramente hablando se traducía en debilidad cuando se trataba de las cosas del corazón. Gibbs velaba por él y lo protegía de quienes buscaban una remuneración financiera por medio del enlace romántico. Este papel no era placentero para Gibbs, porque conocía la soledad de su amigo. A pesar de la triste experiencia de David, éste último anhelaba la compañía que se gana por medio del matrimonio. Sin embargo, no estaba seguro de cómo proceder, comportándose como un jugador novato de naipes que comprende las reglas, pero no cómo jugar el juego.

◆

David terminó su trago, después dejó la copa frente a él mientras su amigo lo analizaba con tristeza. Gibbs recogió las copas vacías y se incorporó para retirarse—. De cualquier manera es muy bonita.

Después de un momento, David levantó la mirada—. Sí. Bastante.

CAPÍTULO CUATRO

Lawrence

El primer reloj mecánico se inventó en el año 979 A.C. en Kaifeng, China. Se construyó por órdenes del niño emperador como herramienta de apoyo en la formulación de predicciones astrológicas; pasaron ocho años antes de que se terminara de construir y pesaba más de dos toneladas. Pese a sus monstruosas dimensiones, el artefacto era extraordinariamente exacto, tocaba un gong cada catorce minutos y veinticuatro segundos, casi igual a nuestro estándar actual del día, y al mismo tiempo disponía de grandes anillos giratorios diseñados para duplicar los movimientos celestiales de las tres luminarias: el sol, la luna, y las estrellas evocadas, todas ellas cruciales para la adivinación astrológica china.

Cuando en 1108 los tártaros invadieron China, saquearon el capitolio y después de desarmar el enorme reloj, lo llevaron hasta sus propias tierras. Al no poder armar esta pieza de precisión nuevamente, lo fundieron para fabricar espadas.

NOTA EN EL DIARIO DE DAVID PARKIN.

aryAnne llamó a la puerta de David con suavidad, luego la abrió lo suficiente para asomarse—. Señor Parkin, tiene una visita.

David levantó la vista—. ¿Quién es?

—No quiere dar su nombre. Dice ser un amigo cercano.

—No espero a nadie. ¿Cómo es?

—Es un caballero ya mayor…

David se encogió de hombros.

—… y es negro.

—¿Un negro? No quiero ver a ningún negro.

—Lo siento señor. Dijo que era un amigo cercano.

En ese momento apareció el hombre detrás de MaryAnne. Era un sujeto alto, vestido como soldado, con una camisa de algodón azul marino y pantalones color canela; llevaba puesto un cinturón de piel abrochado a una hebilla de caballería plateada. Le sonrió a David—. David, le estás ocasionando problemas a esta amable dama.

David sonrió—, no lo pude resistir. Pasa, Lawrence.

Sorprendida, MaryAnne retrocedió y abrió la puerta de par en par para que el hombre pudiera pasar.

—Lo siento, señorita. Es el sentido del humor de David.

—O la falta de él, —contestó MaryAnne.

Lawrence rió alegremente—. Usted me agrada, señorita. ¿Quién es esta dama, David?

—Lawrence, te presento a la señorita MaryAnne Chandler. Es mi nueva secretaria. Señorita Chandler, le presento a Lawrence. Es el padrino de la mayoría de los relojes que ve en esta habitación.

—Es un placer conocerlo, señor.

Lawrence se inclinó—. El placer es mío, señorita.

—Caballeros, si me disculpan.

David asintió y MaryAnne cerró la puerta tras de sí, al salir de la oficina.

—¿En dónde está la señorita Karen? —preguntó Lawrence.

—Hace ya algún tiempo que no te apareces por aquí. Su madre se enfermó y regresó a Georgia.

—Era una buena chica.

—Sí, aunque no apreciaba mucho a los negros.

—Era por su educación, —dijo Lawrence en su defensa.

—Eres más amable de lo que deberías, —respondió David, recostándose en su sillón—. ¿Qué traes a enseñarme?

Lawrence sacó un reloj de oro de bolsillo por la parte superior y se lo entregó a David, quien lo examinó cuidadosamente, después lo sostuvo a una prudente distancia—. Mira esto, —dijo en voz baja.

—Es una pieza muy fina. Quizá la más fina que jamás haya visto. Hecho en Francia. Ni siquiera ha sido grabado. Le pertenecía a un tal Nathaniel Kearns.

—¿Chapa de oro?

—Oro puro.

—¿Cuánto pide el senor Kearns por él?

—El señor Kearns no quiere nada. Está muerto. Los subastadores quieren setenta y cinco dólares.

—¿Los vale?

—Yo diría que sesenta y siete dólares.

—Lo compro, —decidió David—. Por sesenta y siete dólares. —Se puso de pie—. ¿Te gustaría tomar algo? —Sacó una jarra de cristal de la vitrina del muro oeste.

—Claro que sí.

David le sirvió a Lawrence un pequeño vaso de ron. Lawrence tomó el vaso y se recargó en el asiento mientras David regresaba a su silla.

—¿Cuánto tiempo ha trabajado MaryAnne contigo?

—Seis semanas aproximadamente. —En su boca se dibujó una ligera sonrisa—. Es un tanto especial.

—Ya me di cuenta, —dijo—. Sí señor, me llamó la atención.

David asintió y después miró hacia la puerta para asegurarse de que estuviera cerrada—. Te quiero hacer una pregunta, Lawrence.

Lawrence lo miró directamente por encima de su vaso.

—¿Qué opinas si me caso?

—¿Tú, David? —preguntó Lawrence sorprendido.

—¿Qué dirías al respecto?

—¿Por qué me lo preguntas a mí? Yo nunca me he casado.

—Valoro tu opinión. Eres bueno para juzgar el carácter de los demás.

Lawrence se inquietó.

—Vamos, Lawrence. Habla con libertad.

Lawrence adoptó un gesto de solemnidad—. Yo creo que algunos hombres no deberían casarse.

David sonrió—. ¿Algunos hombres? ¿Alguien como yo?

—Yo simplemente digo que alguien que tiene una vida perfecta no debe casarse. He visto lo que sucede toda mi vida, alguien lleva una buena vida. Tiene mucho que comer. Mucho tiempo pa' no hacer nada, después llega una mujer y lo echa todo a perder.

David comenzó a reírse—. Lawrence, posees una percepción envidiable de las cosas.

—¿Estás pensando en alguien?

—Sí. Pero creo que ella se sorprendería si conociera mis intenciones.

Lawrence nuevamente echó una mirada hacia la puerta y se rió al saber de quien se trataba—. Definitivamente posees una gran percepción, mi amigo, —dijo David.

Lawrence se incorporó—. Creo que es mejor que me vaya para que puedas regresar a tus negocios. —Su rostro se amplió con una brillante sonrisa—. Cualesquiera que sean los negocios.

David sonrió de nuevo—. Gracias por traer el reloj Lawrence. Pasaré esta tarde con el pago.

Lawrence se detuvo en la puerta. A ninguna mujer le van a gustar tantos relojes en su casa.

—A la mujer adecuada sí.

Lawrence abrió la puerta y miró a MaryAnne, quien levantó la vista y le regaló una sonrisa. Lawrence se volvió a David, quien estaba examinando su nueva adquisición—. Tienes buen ojo para las cosas finas.

—Tú también, Lawrence. Tú también.

◆

Lawrence era toda una novedad en su vecindario y los niños en la calle lo esperaban pacientemente para acompañarlo en su diario y lento peregrinar al mercado de la Calle Brigham, para luego salir como aves en desvandada en cuanto aparecía. Cualquier chico que visitaba el lugar escuchaba alardear a los niños de ahí—: tenemos un negro en nuestro vecindario.

La casa de Lawrence era una desvencijada choza localizada en la parte posterior de una enorme fábrica de conservas construída con ladrillo, y todos en el vecindario sabían de su existencia, a pesar del hecho de que estaba bien escondida y Lawrence era tan discreto como se lo permitía el color de su piel.

El apellido de Lawrence era Flake, lo había tomado de los esclavistas que compraron a su madre en Louisiana del Este en 1834. Había presenciado la guerra en dos ocasiones; la primera vez en el Sur y la segunda en Cuba, y se había hecho viejo en el ejército, su cabello negro estaba salpicado de canas por la edad.

Era alto, de un metro noventa, y de hombros anchos, y aunque tenía un cuello grueso y fuerte, su cabeza se inclinaba ligeramente hacia adelante en señal de haber vivido en sumisión. Su piel estaba manchada en forma desigual por la exposición a los elementos naturales, pero sus ojos eran claros y tranquilos y expresaban todo lo que la sociedad mantenía en silencio.

Cojeaba de un lado, defecto que se le acentuó con la edad todavía más. Los adultos que observaban su diario andar le llamaban el «negro-cojo»; sin saber que tenía dentro del muslo izquierdo una bala española, recuerdo de la guerra hispano-estadounidense.

Lawrence había pertenecido al cuerpo de caballería número veinticuatro integrado por negros, era lo que los indios llamaban un «Soldado Búfalo», estos últimos les temían a los soldados negros porque estaban convencidos de que su pelo «lanudo» y negro y sus barbas eran la evidencia de que se trataba de seres místicos: mitad hombres, mitad búfalos. Lawrence había llegado a Utah cuando transfirieron a su batallón al Fuerte Douglas, ubicado en el lado este del valle de Salt Lake, y se quedó ahí, cuando, cuatro años más tarde, reubicaron al cuerpo de caballería en las Filipinas.

El ingreso de Lawrence al negocio de la reparación de relojes ocurrió de manera casual. Como encargado del abastecimiento y las requisiciones del ejército, poseía un don natural en las manos, era hábil para reparar los rifles, las carretas, y todo aquello que necesitara arreglo. En una ocasión reparó un reloj de bolsillo de uno de los oficiales, quien en agradecimiento, le regaló a Lawrence un manual de reparación de relojes y lo apodó «el relojero», título que Lawrence conservó porque lo hacía sentir como un científico.

En Salt Lake City había pocos relojeros y conforme se fue corriendo la voz acerca de la experiencia de Lawrence, todos los civiles también comenzaron a llevarle sus relojes.

Al abandonar la caballería, su clientela lo siguió hasta su nuevo taller. Su negocio de limpieza y reparación de relojes se convirtió en un establecimiento de todo tipo de trueques, puesto en donde la gente dejaba notas de relojes que quería vender o comprar, y los subastadores de bienes raíces descubrieron en Lawrence a un buen mayorista para todas sus mercancías.

David conoció a Lawrence cuando compró un reloj cucú de la Selva Negra y el hombre le simpatizó de inmediato. Había una gran tranquilidad en su manera de moverse; su temperamento le ayudaba a reparar todo lo complicado. David le llamaba «manos lentas». Pero había algo más que eso. Había una tranquilidad en su manera de ser que le recordaba a David su pasado. Al crecer en el vientre de la mina Eureka, David trabajó y convivió con hombres de color; escuchó sus historias de injusticias y disfrutó su compañía. En las profundidades de una mina, todos los hombres son negros y David aprendió a querer a la gente por su espíritu. Los dos hombres pasaban horas hablando de relojes, California, y la caballería.

Aunque a ambos les fascinaban los relojes, era por razones muy diversas. Mientras que David percibía la inmortalidad en el movimiento perpetuo del funcionamiento de los relojes, Lawrence se sentía fascinado por el mecanismo mismo, y durante horas interminables, se perdía en una sociedad relojera de latón, atraído por el mecanismo de la relojería en sí, un mundo miniatura perfecto en donde todas las partes se movían de acuerdo a su propia función. Y cada miembro tenía un lugar.

◆

Cuando caía la tarde y se extendían las últimas sombras del día, David llamó a la puerta de la cabaña de Lawrence.

—¿Lawrence?

Una voz suave y áspera lo invitó a pasar.

David entró. Lawrence estaba sentado sobre su catre en una esquina de la oscura habitación, una sola vela reflejaba destellos oscilantes de luz en el rostro del hombre. En la mano sujetaba una humeante pipa que brillaba en tonos anaranjados y rojos.

—Siéntate, —dijo.

La morada constaba de una habitación dividida de acuerdo a las necesidades: la vivienda hacia la parte este, y el taller hacia el oeste, ambas separadas por una plétora de relojes y una mesa muy pesada cubierta de relojes descompuestos, velas y cera derramada.

Lawrence estaba orgulloso de su humilde mobiliario:

una mesa redonda, astillada y gastada, con patas de longitudes distintas para que se sostuviera pareja en el suelo desigual. La mesa estaba rodeada por tres sillas, cada una de diferente estilo. Su cama, que consistía de un colchón de plumas que descansaba sobre un marco de madera fabricado caseramente y cubierto por las gruesas frazadas de lana del ejército, entre las cuales había dormido durante casi cuarenta años. En la esquina de la habitación, había una estufa redonda recargada sobre una piedra y una plataforma de concreto. En las partes del cuarto que no eran iluminadas por la estufa, colgaban de las alfardas lámparas de querosén.

No tenía ventanas, aunque de haberlas, hubieran sido inútiles, ya que Lawrence apilaba leña a lo largo de todo el muro externo de la construcción.

David se sentó en una de las sillas frente a la mesa redonda—. Traje el dinero del reloj de bolsillo. —Luego dejó un fajo de billetes en la mesa.

—Gracias.

—¿Quién era esa mujer con la que me topé en la puerta?

—¿Una mujer grande? Es la señora Thurston. La esposa del predicador.

—¿Qué quería?

—Lo mismo de siempre.

—¿Qué es?

—Quiere que asista a la iglesia de los negros. — Lawrence movió la cabeza pensativo—. Esa mujer empieza a hablar y de pronto parece que no se dirigiera solamente a mí, sino a toda una congregación. Se embrolla con todas esas cosas de pecadores y ateos y almas en pena. Creo que todo eso la hace sentir bien. Como si me quisiera hacer entrar en razón.

—¿Lo logró?

Lawrence frunció el entrecejo—. No sé exactamente cuál es la síntesis de todo esto. Supón que exista un cielo, yo quiero saber qué clase de cielo hay. ¿Es un cielo para blancos? ¿O es un cielo diferente para blancos y negros? ¿Tú qué opinas?

David se encogió de hombros—. No soy un experto en esto. Sólo he ido a la iglesia en un par de ocasiones. Me parece que la gente que se pasa la vida soñando con las calles pavimentadas de oro y las mansiones celestiales de la próxima vida, no es muy distinta de aquéllos que pierden el tiempo soñando lo mismo en esta vida. La única diferencia es que los primeros tienen un sentido más raquítico del tiempo.

Lawrence respondió con esa risa ligera y sorda que le

caracterizaba cuando algo le resultaba particularmente divertido. Apretó la pipa firmemente con los dientes—. Nunca lo había pensado de esa forma, —contestó.

—La forma en que yo lo veo es que no se trata de lo que vayas a obtener, sino en lo que te conviertas. La divinidad está haciendo lo que es correcto porque tu corazón dice que es lo correcto. Y si eso te coloca en el lado equivocado de las puertas del cielo, entonces quizá sea mejor quedarse afuera.

Lawrence le dio una gran fumada a su pipa—. Podrías haber sido filósofo.

En ese momento, entre el resplandor de las velas en movimiento, David notó algo que no había visto antes, a pesar de sus muchas visitas. Del otro lado del cuarto, entre la mugre de los resortes de metal, los esqueletos y restos de los relojes, se encontraba lo que parecía ser una escultura cubierta que apenas si se asomaba debajo de una sábana.

—¿Qué es eso que está en la esquina? ¿Debajo de la manta?

Lawrence bajó su pipa—. Es mi ángel, apenas esta mañana me ayudaron a subirlo del sótano.

—¿Angel?, David se dirigió hacia la escultura.

—Auténtico mármol italiano, —dijo Lawrence.

David hizo a un lado un reloj de piso que le tapaba la escultura, y levantó la sábana, descubriendo la escultura de piedra de un ángel alado. Su rostro de serafín miraba hacia arriba y tenía los brazos extendidos, como si se tratara de un niño esperando a ser levantado. David pasó los dedos por la superficie suave.

—Ésta es una pieza muy cara. Tal vez valga cien dólares o más. ¿es nueva?

—La tengó desde hace casi seis años, pero nunca la había sacado del sótano.

David admiró la escultura. ¿Cómo la obtuviste?

En cuanto me retiré de la caballería hice algunos trabajos para un ministro. Arreglé el reloj del campanario de su iglesia. Me tomó todo el verano. El problema fue que antes de que terminara, el tesorero de la iglesia huyó con todo el dinero que había para el proyecto. Entonces el ministro me ofreció este ángel como pago.

David se alejó de la estatua, pasando su mano sobre la superficie una vez más.

—¿Por qué no la vendiste?

Lawrence movió la cabeza—. No necesito nada, —dijo sencillamente—. Nada que puedas comprar. —Luego golpeó la pipa contra la mesa, mientras se quedaba pensativo—. Ya lo pensé. A los hombres de color no se les respeta en esta vida. Así que quiero que cuando muera pongan este ángel en mi tumba. Alguien que pase por aquí, incluso los blancos que vean un ángel fino, dirán—: Parece auténtico mármol italiano. Muy fino. Alguien importante debe estar aquí para tener esta clase de monumento. Debe ser un hombre rico o un oficial del ejército, y así siguen diciendo. — Los ojos de Lawrence se veían rojos por el reflejo de la pipa humeante, pero parecían brillar bajo su propia fuerza—. A los negros no se les respeta mucho en esta vida.

David miró a Lawrence y movió la cabeza asintiendo lentamente, conforme el silencio de la noche inundaba la humilde choza.

CAPÍTULO CINCO

La Imprudencia

"Hoy vino MaryAnne a la oficina. Me sorprendió verla en su día de descanso. Fui muy directo y temo que la he asustado. Soy muy torpe para el romance."

DIARIO DE DAVID PARKIN. 13 DE MAYO DE 1908.

David no le gustaban los trajes y nunca los usaba el domingo cuando iba solo a trabajar a la oficina. Estaba sumergido en una pila de papeles sobre su escritorio cuando la presencia de MaryAnne lo sorprendió.

—Señorita Chandler. ¿Qué la trae por aquí?

—No terminé de escribir mis cartas.

David se puso de pie—. Para el lunes está bien.

—No quería retrasarme. Usted ha estado tan ocupado.

David sonrió, complacido por su preocupación.

—Creo que me preocuparía si me pudiera seguir el paso. —Se dirigió hacia ella—. Gracias, señorita Chandler, pero vaya a casa y descanse. Tendremos una semana difícil.

Ella metió las manos en los bolsillos de su abrigo.

—Sí, señor.

Justo entonces una campana Westminster marcó un cuarto de hora. Ambos miraron hacia el reloj.

—No he cenado, señorita Chandler. ¿Le gustaría acompañarme? Quizá podríamos ir al Club Alta?

MaryAnne sonrió—. Gracias, señor Parkin, pero si ya no me necesita, debo ir a la iglesia.

David asintió—. Sí. Claro. Creo que yo también debería irme a casa. Catherine me espera.

MaryAnne lo miró como si de pronto le hubieran dado una noticia terrible. No sabía de la existencia de alguna mujer en la vida de David. Trató de ignorar el pensamiento y se dispuso a salir, pero se detuvo en la entrada.

—¿Le puedo preguntar algo, señor Parkin?

—Claro.

—¿Quién es Catherine?

—Catherine es mi ama de llaves.

MaryAnne pareció sentir cierto alivio y se dio la vuelta para irse, cuando David la detuvo.

—¿Alguna otra pregunta?

—Ahora que lo menciona, me produce curiosidad saber ¿qué es lo que hace que un hombre coleccione relojes? Y tantos.

David le estudió el rostro y después se inclinó, como si le fuera a revelar un gran secreto.

—Lo hago porque necesito más tiempo.

MaryAnne lo miró a los ojos y, por primera vez en presencia de David, se rió. Era una risa hermosa y cálida que David encontró alentadora y también rió.

—Su risa es maravillosa, señorita Chandler.

—Gracias.

—La verdad es que yo también me he preguntado lo mismo. —David caminó hacia el cucú y levantó una pesa de latón en forma de piña—. Seguramente hay quien piensa que estoy loco. Cuando niño, me encantaba coleccionar cosas. Al los veintiún años recibí el primer reloj de mi colección. Era el reloj de bolsillo de mi padre. —De pronto guardó silencio—. ¿Le puedo ofrecer un té? ¿De menta?

—Sí. Gracias. —En ese momento, MaryAnne se puso de pie—. Voy por él.

—Señorita Chandler, por favor, tome asiento. Yo lo puedo hacer. —David trajo el servicio de té a su escritorio, sirvió dos tazas, le pasó una a MaryAnne, y se sentó en el brazo de una silla cercana.

—Sólo bebo té de menta. Es el único hábito que adopté de los ingleses.

—El té de menta es un invento norteamericano.

—¡Ah! Entonces creo que lo bebo simplemente porque me gusta.

MaryAnne rió nuevamente.

—En esa época vivía en Santa Rosa, California... cuando cumplí veintiún años, —aclaró—. Fue el año en que murió mi padre. También fue el año en el que usé lentes por primera vez y acepté el hecho de que los años no pasan en balde.

MaryAnne asintió.

David volvió a mirar la hilera de relojes—. Me pregunto si no me estoy engañando con esto, no sé si estoy comprando tiempo, o si me estoy rodeando de implementos de inmortalidad fabricados por el hombre. —Miró de nuevo a MaryAnne—. Cualquiera que sea la razón, mi fascinación se ha convertido en una total obsesión. Mi casa está repleta de relojes.

—Me gustaría verlos... —MaryAnne se detuvo a la

mitad de la frase al darse cuenta de que se acababa de invitar a la casa de un hombre.

—Me encantaría enseñárselos, —respondió David. Se sentó en su silla y empezó a beber el té lentamente—. Hay algo que me causa curiosidad, señorita Chandler. ¿Se siente cómoda aquí?

—¿Aquí?

—En mi empresa.

—Bastante, creo. Más que en mi otro empleo.

—Parece que no socializa mucho con las otras secretarias del piso.

—No me contrató para que socializara.

David sonrió—. Buena respuesta, —contestó—. Trabaja muy duro para ser alguien que pertenece a la nobleza.

MaryAnne lo miró fijamente. ¿Me está molestando?

David rápidamente dejó la taza sobre el escritorio, temeroso de haberla ofendido de nuevo—. No. En lo absoluto.

MaryAnne dio un sorbo de té para ocultar su sonrisa, después acomodó la taza sobre su regazo.

—Siempre he tenido que trabajar duro, señor Parkin. Mi padre abandonó Inglaterra porque lo desheredaron al casarse con mi madre, una mujer común a quien mis abuelos no aprobaban. Cuando llegamos a los Estados Unidos teníamos muy poco y menos todavía cuando mi padre falleció. En cuanto pude, tuve que ayudar para mantener a mi familia. Mi madre murió hace dos años. Ahora estoy sola.

—¿Tiene hermanos?

—Uno. Pero regresó a Inglaterra hace más de seis años. Mandó dinero durante algún tiempo… cuando las cosas estaban mejor.

David digirió toda la información en silencio y después descanso la barbilla en el dorso de sus manos entrelazadas— ¿Le puedo hacer una pregunta personal?

MaryAnne dudó antes de responder—. … sí.

—¿Cuántos hombres hay en su vida?

—¿Hombres?

—Pretendientes.

MaryAnne dudó nuevamente, apenada—. Algunos y al parecer no puedo descorazonarlos.

—¿Es ese su objetivo? ¿Con los hombres?

—Con estos en particular. Los conozco demasiado bien como para casarme con ellos, señor Parkin.

David asintió y después dejó su taza de té—. Señorita Chandler, preferiría que no me llamara señor Parkin.

—¿Cómo quiere que le diga?

—David. Por favor llámeme David.

MaryAnne meditó en la petición—. No creo que me sintiera a gusto frente a mis colegas.

David suspiró—. No quiero que se sienta incómoda, señorita Parkin.

—¿Señorita Parkin?

David enrojeció al darse cuenta de su error—. Señorita Chandler, —tartamudeó.

Ella le dio la espalda y se puso de pie abruptamente.

—Debo irme.

—¿En verdad?

—Sería lo mejor.

Hubo un incómodo intervalo de silencio.

—Lo siento, MaryAnne. Tal vez piense que soy como su último supervisor que quería que se le sentara en sus piernas.

—No, no fue esa mi intención…

—Mis intenciones son buenas. Nunca buscaría aprovecharme…. Es sólo que…

MaryAnne lo miró fijamente. El desvió la mirada.

—Nunca he conocido a nadie como usted. Tengo treinta y cuatro años y prácticamente ninguna amiga. Eso no quiere decir que no hay mujeres interesadas.

Desafortunadamente hay demasiadas. —Frunció el entrecejo—. Se sienten atraídas por el dinero y el estatus; no pueden ver mis defectos a causa de mi riqueza. Aunque no me cabe duda que el matrimonio les abriría los ojos. —Su voz se dulcificó—. Me siento muy cómodo en su presencia.

MaryAnne lo miró de nuevo, pero no dijo nada.

—Lo siento mucho, señorita Chandler, la he incomodado. Perdóneme. No volveré a mencionar el tema.

MaryAnne bajó la vista—. Señor Parkin, hay ciertas cosas… —Se quedó a media frase—. Creo que debo irme.

MaryAnne se dirigió lentamente hacia la entrada, seguida por la mirada triste de David. Ella se detuvo y lo miró.

—Buen día, señor Parkin.

—Buen día, señorita Chandler.

❖

Catherine empujó la puerta con el hombro para abrirla y entró llevando una charola y un juego de té de plata. Las cortinas estaban cerradas y David estaba sentado en un sofá *love seat* de tela de crin, observando las chispas que emanaban del fuego, de espaldas a la puerta.

El dueño anterior de la casa, huyendo de los fríos inviernos de Salt Lake para refugiarse en el sol de St. George en el Sur de Utah, dejó a Catherine, una joven sirvienta, y a Mark, su mayordomo, para que finiquitaran la venta de la casa y posteriormente buscaran trabajo en otra parte. A su llegada, David descubrió que la casa era más grande de lo que había imaginado y estaba más vacía de lo que esperaba. Como se había quedado solo, le pidió a los dos sirvientes que se quedaran. Ellos aceptaron con gusto y rápidamente se convirtieron en parte de su familia. Durante el primer año David trató de persuadir a Catherine que lo llamara por su nombre de pila, pero al no tener éxito, eventualmente abandonó la idea.

—Disculpe, señor Parkin, le traje un poco de té.

David volvió la vista, como saliendo de un trance—. Ah. Gracias.

Ella depositó el servicio sobre una mesa de maple junto al sillón.

—El señor Flake trajo el reloj francés. Le pedí que lo dejara en el salón. —Se dio la vuelta para salir, y después se detuvo—. ¿Se encuentra bien, señor?

David suspiró—. Supongo que estoy lo suficientemente bien. Gracias por preguntar.

Catherine se dispuso a salir nuevamente.

—Catherine.

—Sí, señor.

—¿Le puedo preguntar algo?

—Claro.

—Como mujer… usted siendo mujer…

Catherine lo miró con curiosidad.

—Quiero decir… ay, sueno tan tonto. ¿Cómo decirlo? Parecía nervioso por su incapacidad para transmitir su pregunta—. ¿Qué clase de hombre soy?

Catherine lo observó confundida—. No sé qué responder a esa pregunta.

—Quiero decir… las mujeres, ¿cree que podría atraerle a una mujer?

—Usted es muy guapo.

—No me refiero a eso exactamente. Quiero decir… ¿soy la clase de hombre con el cual se querría casar una mujer? ¿He estado demasiado tiempo solo? ¿Soy demasiado tosco? ¿Digo las cosas equivocadas? —David arqueó las cejas—. Eso no lo necesito preguntar. —Luego bajo la mirada—. Supongo que no es ningún secreto el hecho de que me gusta MaryAnne. Todos parecen saberlo, excepto ella. O quizá no quiere saberlo. ¿Ya la conoce?

Catherine inclinó la cabeza pensativamente. —Sólo la he visto de lejos, aunque Mark me dice que es muy agradable.

—Sí. Muy. Siempre dice lo adecuado, tiene la respuesta correcta. —Tomó un sorbo de té—. Una cualidad que yo definitivamente no poseo.

Catherine sonrió amablemente—. Señor Parkin, usted es un hombre muy bueno y amable. Cualquier mujer se sentiría afortunada a su lado.

David enderezó la mirada—. Gracias, Catherine.

—Buenas noches, señor.

—Buenas noches, Catherine.

Se detuvo en la puerta—. Se lo repito francamente, señor. Cualquiera se consideraría muy afortunada.

—Gracias, —repitió suavemente, después se volteó hacia el fuego y se sumergió en sus pensamientos.

◆

Durante las siguientes nueve semanas conforme la primavera cedía paso a la opresión del verano, David observó ciertos cambios en el comportamiento de MaryAnne. Le pareció que estaba desusualmente preocupada y hasta sus movimientos habían adoptado un carácter extraño. En un principio se culpó por ello, atribuyéndolo a su «presunta imprudencia», hasta que dichos cambios se comenzaron a notar en su físico.

Una tarde, David escuchó a MaryAnne subir la escalera lentamente. Para cuando llegó a la parte superior, se había quedado sin aliento, se sujetó del barandal y respiró con dificultad. Tenía el rostro enrojecido y se limpió la frente con el dorso de la mano. David la observaba con curiosidad desde su puerta. Cuando ella lo vio, bajo la mano y caminó rápidamente para evitarlo. David la siguió. MaryAnne se sentó en su escritorio y comenzó a escribir a máquina, ignorando la presencia de David de una forma tan evidente que no hacía más que admitir su presencia.

David la interrumpió—. Señorita Chandler, ¿se siente bien?, se ve demacrada.

—Estoy bien, —contestó ella sin levantar la vista, obviamente para evitar su mirada.

David continuaba con la vista fija en ella—. Estoy preocupado. De algún tiempo acá no parece usted la misma.

—¿No está usted satisfecho con mi trabajo?

—No es eso, —dijo con firmeza—. Mi preocupación es a nivel personal.

MaryAnne simplemente inclinó la cabeza. De improviso, levantó una mano para enjugar una lágrima que rodaba por su mejilla.

El silencio se prolongó haciéndose muy incómodo. David se volvió para irse. MaryAnne tomó aliento. —¿David, podemos hablar?

David hizo una pausa. Era la primera vez que lo llamaba por su nombre y supo que se trataba de un asunto de gran importancia.

—Claro. Vamos a mi oficina.

Ya adentro, le ofreció una silla, después de cerrar la puerta, regresó a su escritorio y se recargó sobre el borde.

MaryAnne bajó la vista, conteniendo las lágrimas con ayuda de un pañuelo, después tragó saliva y lo miró directamente.

—Existe una razón por la cual me he comportado de esta forma. —Hizo una pausa para hacerse de valor—. David, estoy esperando un hijo.

Las palabras surtieron un extraño efecto en David. Se volvió a sentar en su escritorio, como si las piernas le fueran a fallar, y movió la cabeza lentamente—. Soy un tonto. No sabía que estabas casada.

MaryAnne agachó la cabeza avergonzada—. No estoy

casada. Ni lo estaré—. Se limpió las mejillas y escondió el rostro entre las manos—. Lo siento. Debí de habértelo dicho antes, pero… —calló, incapaz de continuar.

—¿Si? —preguntó David con delicadeza.

MaryAnne aspiró pesadamente—. Me iba a casar poco antes de venir a trabajar para ti. Fui tan tonta. Me había prometido su amor y no quería que se disgustara. Nos casaríamos en abril. —MaryAnne se enderezó—. Cuando descubrió que estaba esperando un hijo me golpeó.

La habitación se quedó en silencio, excepto por el sonido de los relojes.

—¿Por qué no me lo dijiste antes?

—Tenía miedo.

—¿Por el empleo?

Asintió, limpiándose más lágrimas—. Estoy completamente sola y necesito del salario para mantener a mi hijo. Al principio temía que no me contrataras si te enterabas de la verdad. Después a medida que te fui conociendo más, me di cuenta de que eso no importaría, que me hubieras contratado de cualquier manera. Pero para entonces yo…

David se inclinó.

—…yo… mmm, esto te debe parecer tan extraño.

—No, —dijo con amabilidad—. Continúa, MaryAnne.

Ella volvió la vista hacia otro lado, después sumergió la cabeza entre sus manos.

—Comencé a tener otro tipo de sentimientos hacia ti. Temí que no aprobaras mi actitud. —Comenzó a llorar con más fuerza. El volumen del sonido de los relojes parecía aumentar, interrumpido por los sollozos ocasionales de MaryAnne. De pronto David avanzó hacia adelante y se agachó junto a la silla de MaryAnne—. Hay una solución, —dijo tiernamente.

MaryAnne retiró el pañuelo de sus ojos.

—Podrías casarte conmigo.

Ella lo miró incrédula, después volvió a cubrirse los ojos con el pañuelo—. Ay, David. Por favor no juegues conmigo.

—No, no lo haría.

Ella lo miró nuevamente a los ojos—. ¿Me estás proponiendo matrimonio?

—Parece ser un mal negocio…

—¿David? ¿Te casarías conmigo aun cuando sabes que estoy esperando un hijo de otro hombre?

David asintió, tratando de obtener una sonrisa de ese rostro transformado por el llanto.

Por un momento, los ojos de MaryAnne brillaron con esperanza, y luego ese brillo se extinguió casi de manera inmediata—. No sería bueno para ti, David. ¿Como podrías aceptar semejante cosa?

David tomó la mano de MaryAnne. Era la primera vez que la tocaba de esta manera y se sentía invadido por una extraña electricidad.

—Los votos del matrimonio dicen para bien o para mal. En la salud o la enfermedad. En lo próspero o en lo adverso. Pareciera que lo único seguro acerca del matrimonio es toda esta incertidumbre.

MaryAnne lo miró a los ojos. La mirada de David era directa y amable.

—No le temo a la incertidumbre o la responsabilidad, eso es parte de la vida. Pero sí tengo miedo de no volver a conocer a otra mujer como tú. Y que tú tampoco me tendrás. La habitación quedó en silencio excepto por el sonido de los relojes.

—David, me sentiría muy honrada de ser tu esposa.

Los ojos de David se llenaron de lágrimas—. Te amo, MaryAnne. —Las palabras surgieron de manera espontánea y David se dio cuenta conforme hablaba, que era la primera vez en su vida adulta que utilizaba esa frase. MaryAnne se percató de la sinceridad de sus palabras y se le acumularon más lágrimas en los ojos ya húmedos, después, antes de que pudiera decir algo, David presionó sus labios contra los de ella y la besó con ternura.

MaryAnne retrocedió repentinamente y sonrió—. Tengo que confesarte algo. ¿Recuerdas aquel domingo cuando por accidente me llamaste señorita Parkin?

David sonrió, todavía apenado por su error.

—Sí.

—Me agradó. Me sentí como una tonta, como una niña de escuela, pero toda la tarde me llamé MaryAnne Parkin. Me gustó el sonido de mi nombre unido al tuyo.

—MaryAnne Parkin—, repitió David. Su rostro se transformó con una enorme sonrisa—. Sí, —dijo, asintiendo con la cabeza—. Hay algo muy natural acerca de la unión de nuestros nombres… quizá ya estaba escrito.

CAPÍTULO SEIS

El Compromiso

"Un complot protagonizado por floristas, proveedores de banquetes y clérigos han desempeñado muy bien su labor al ocultar las particularidades de la fuga de dos amantes."

DIARIO DE DAVID PARKIN. 5 DE JULIO DE 1908.

ran cantidad de coches de tiro y algunos vehículos motorizados comenzaron a llegar a la mansión Parkin a las siete, distribuyendo su abundante cargamento en la puerta, para después acomodarse a un lado de la casa. El anuncio repentino del compromiso causó gran revuelo entre los miembros de la sociedad local, y la fiesta era considerada como un evento al cual no se podía faltar.

Adentro, en el salón, David esperaba vestido de frac y chaleco blanco de escamas y corbata de lazo; rodeado por un grupo de hombres de negocios del

Club Alta, mientras Catherine corría de un lado a otro coordinando a un grupo de sirvientes y encargándose de todos los detalles del acontecimiento.

En otro lado, Victoria Marie Piper, una mujer de considerable posición social y presencia física, se proponía conocer a la futura novia y descubrió a MaryAnne en el salón del ala este en donde se encontraba esperando a David. Victoria entró a la habitación con un aire majestuoso luciendo un vestido color durazno de cuello alto, enmarcado por una boa de plumas color de rosa. A simple vista el vestido se podía confundir con una crinolina de aro ancho, ya que se ensanchaba lo suficiente como para obstruir el paso del corredor; pero en realidad sólo se trataba de la mujer.

Victoria cruzó la habitación cargando un pequeño plato con una pila de pastel en una mano y una taza de porcelana con té en la otra, se dirigió a MaryAnne y se presentó formalmente.

—Señorita Chandler, soy Victoria Marie Piper, de los Boston Pipers —continuó parloteando—. Me apena decir que todavía no nos han presentado en ninguna de las funciones. ¿Acaba de llegar a la ciudad?

MaryAnne se sonrojó—. No. Lo que sucede es que no he asistido a ninguna… de las funciones.

— ¡Ah!, —dijo abruptamente—. ¿Entonces cómo fue que conociste a David?

MaryAnne sonrió inocentemente—. Era su secretaria.

La mujer no hizo el menor esfuerzo por ocultar su horror—. ¡Oh!, —quedó boquiabierta—. Una chica de oficina. —Retrocedió—. Existen historias tan terribles acerca de las oficinas, pero estoy segura que no es tu caso, —dijo mirando el vientre ligeramente prominente de MaryAnne—. Yo creo que no es el lugar apropiado para una mujer pero, ¿qué se yo de esas cosas? Soy demasiado anticuada y quizá muy sensible para mi propio bien, —dijo moviendo una regordeta mano en un gesto dramático.

MaryAnne echó un vistazo a la puerta esperando que David apareciera pronto y la rescatara. La mujer probó otro bocado de pastel y se lo pasó con té—. ¿Conoce usted bien a David? —preguntó.

—Lo conocí la primavera pasada, —respondió MaryAnne—. No lo conozco desde hace mucho.

El rostro de Victoria se contrajo pretendiendo estar al tanto de algo terrible—. Sería injusto si no te previniera sobre David. El es un poco polémico.

—¿Polémico?

—Todo el mundo lo sabe. —Dejó su plato en el mantel de lino de la mesa de buffet y se acercó todavía más a MaryAnne—. Se relaciona abiertamente con los negros y no hace el menor esfuerzo por ocultarlo. Pareciera como si no se avergonzara por ello.

MaryAnne sintió como sus mejillas enrojecían de indignación. Victoria continuó:

—Tienes que saberlo. Claro que yo me sentiría complacida si ese fuera el peor de sus vicios. Hay muchas otras cosas que debes saber. —Hizo una pausa para abanicarse—. Pero este no es el lugar ni el momento. Es desleal de mi parte el comer de su pastel y manchar su nombre.

—Sí, —contestó MaryAnne—, quizá sólo deba envenenarle el pastel y terminar con esto.

La mujer le dirigió una mirada iracunda a MaryAnne. En ese preciso instante David entró a la habitación. Victoria esbozó una sonrisa deslumbrante en sus labios—. ¡Ah!, David, ¿cómo estás?

—No creo que mi estado de salud te interese en lo más mínimo, Victoria. ¿Con que chisme estás aburriendo a MaryAnne?

—Ay, David, tienes tal imaginación, —dijo lentamente, volteando a ver a MaryAnne—. Un día de éstos querida, debemos tomar el té juntas. Antes de la boda. —Sus palabras se enfatizaron en un *crescendo* cruel—. Tengo tantas cosas que decirte. —Tomó su plato y pavoneándose, abandonó la habitación. MaryAnne dio un suspiro de alivio.

David sonrió—. Así que ya conociste a Victoria.

—Me temo que la ofendí.

—Eso habla bien de ti.

MaryAnne contuvo la risa.

—No hay que ser demasiado duro con la mujer. No le queda de otra más que levantar la nariz.

—¿Y eso por qué?

David señaló su garganta—. Es su doble papada.

—David, eres tremendo.

—Sí, pero honesto. ¿Estás aburrida?

—Me siento un poco fuera de lugar.

—Yo también. Este evento apesta a vanidad. Es como una cubierta de pastel sin el pan. ¡Claro que lo verdaderamente criminal es que se trata de nuestro compromiso!

MaryAnne se rió con entusiasmo—. Ay, David, me haces muy feliz, —suspiró—. Reirse hace tanto bien.

—Me bebo tu risa, MaryAnne. Me intoxica. — David le tomó la mano y la llevó hacia el patio trasero por donde se veía todo el andador del jardín. El aire de julio era fresco y la hoz menguante de la luna iluminaba débilmente el andador interior de adoquín.

—Entonces—, ¿qué te dijo Victoria?

—Me temo que nada que valga la pena repetir.

—Debes saber que me encantan los chismes sobre mi persona.

—Entonces te lo diré. Dice que eres polémico y que te relacionas con los negros.

—Pese a todo, Victoria esta diciendo la verdad. ¿Te he perdido por ello?

—Al contrario, me ha hecho quererte más. Debiste de haber visto su rostro cuando le dije que era tu secretaria. No dejaba de mirar mi vientre.

—Me hubiera desilusionado si no se hubiera dado cuenta.

—¿Por qué se comporta así?

—Porque Victoria representa lo peor de la sociedad. No es una ricachona anticuada, sino anticuada-contemporánea; siempre está queriendo demostrar que encaja en algún rincón de la sociedad. Tú, mi amor, no eres de su clase. Claro que yo tampoco, pero como tengo más dinero que ellos y como el dinero es su Dios, o por lo menos su ídolo, deben de inclinarse

ante mí. Pero detestan hacerlo. —David sonrió complacido—. El dinero, como dicen, es siempre chic.

En ese momento, MaryAnne miró pensativa hacia el
piso y se recargó en el barandal—. David, ¿cómo se
verá afectada tu posición social al casarte conmigo?

David se rió—. De manera muy positiva, creo, ya
que ahora tengo alguien a quien quiero y con quien
puedo convivir. —Luego hizo una pausa, y analizó la
expresión triste dibujada en el rostro de MaryAnne—.
Querida, ¿estás pensando en tus padres? ¿Encuentras
similitudes en ello, no es verdad?

MaryAnne asintió.

—La diferencia es que nuestra historia tiene un final
feliz. Además, creo que las 'Victorias' de mi mundo
están felices con mi decisión. Estoy seguro que piensan
que una mujer, si bien no puede educarme, por lo
menos podrá limar los bordes ásperos.

MaryAnne le dio un beso en la mejilla—. ¿Cómo va
todo allá abajo?

—Terrible. Cuando entró el alcalde, le dio su saco a
Lawrence.

—Dios mío. ¿Qué hiciste?

—Justo acababa de entrar al salón, así que saludé a
Lawrence como todo un héroe de guerra, y lo halagé

por el saco que traía, luego le pregunté si quería que se lo colgara.

—Dios mío, —repitió MaryAnne—. ¿Qué hizo el alcalde?

—Se puso rojo de vergüenza. Lo único que lamente fue que Victoria no estuviera presente. Un buen desmayo garantiza el figurar en la columna de sociales.

MaryAnne se rió nuevamente.

—¿Qué tal tu primer día fuera de la oficina?— Preguntó David.

—Te extrañé… , —suspiró MaryAnne —… pero a Gibbs no.

David sonrió—. ¿Sabes? él será mi padrino de bodas.

—Mientras yo esté contigo al finalizar el día, realmente no me importa. —MaryAnne puso las manos sobre su vientre y sonrió con expresión soñadora—.

—Catherine y yo encontramos el más elegante de los vestidos de novia. Costó muy caro.

—¿Tendré que vender el negocio?

—No me mortifiques. Me apena gastar tu dinero. No creo que siquiera sea correcto que lo mencione.

—MaryAnne, es maravilloso tener a alguien a quien amar y en quien pueda gastar mi dinero. Como tu marido, insisto en que siempre me permitas darme el lujo de consentirte.

MaryAnne echó los brazos alrededor de su prometido—. ¿Qué te hace pensar que no tengo ya todo lo que quiero?

—Buena respuesta, —contestó—. Siempre la respuesta correcta.

> *"Si los cielos se abrieran para que descendiera un ejército de Ángeles, el efecto que esta visión causaría en mi alma no hubiera sido tan grande como cuando vi a a MaryAnne bajar la escalera de la capilla, el día de nuestra boda."*

Diario de David Parkin. 11 de agosto de 1908.

Era bien sabido, aun entre la élite social de la ciudad en la que difícilmente se podía considerar algo como común, que David Parkin no era una persona ostentosa. Por ello, la extravagancia de la boda fue una sorpresa para todos, y hasta los más exigentes tuvieron que admitir que estaban gratamente impresionados.

Los preparativos para lo boda ocuparon la atención de Catherine durante cinco semanas, desde el momento en que se anunció el compromiso hasta el día de la ceremonia y fue ella, de acuerdo a las instrucciones de David, quien se encargó de todo; tuvo que organizar una sinfonía de floristas, sirvientes y proveedores de banquetes. Hubo un momento en que uno de los floristas, azorado, dijo—: Señora, me dijeron que se trataba de una boda, no de una coronación.

—Esta boda no es para menos. El señor Parkin espera una ceremonia como jamás se haya visto en esta ciudad. Y punto.

El florista se disculpó prudentemente.

Días antes del evento, David pensó detenidamente en el regalo de bodas de MaryAnne. Lo tradicional era algo de joyería, así que además del anillo de bodas, David le compró a MaryAnne un medallón de diamantes, pero después de meditarlo bien no se sintió satisfecho, porque pensaba que las gemas, en general, eran frías; además, la belleza de esa fruslería sería fácilmente superada por la hermosura de su novia. Apenas dos días antes de la boda, llegó el segundo regalo proveniente de una correduría de Nueva York e inmediatamente lo guardaron bajo llave, en un salón de la parte superior.

David se sintió realmente complacido con este regalo, más que con ningún otro, y esperaba ansiosamente la ocasión de dárselo a MaryAnne.

La mañana de la boda, Gibbs llegó temprano a casa

de David para llevarlo a desayunar. El florista y sus asistentes, bajo el ojo avisor de Catherine, ya estaban, desde esa hora, muy atareados sujetando flores en los candelabros, barandales y en toda la herrería de latón, cuando David recibió a Gibbs en la puerta. Vestía una camisa de cuello alto, confeccionada en lino blanco y un chaleco de seda de doce botones. Llevaba un frac de rayas muy delgadas ajustado a la cintura. Traía puestos unos pantalones negros y un sombrero de copa de seda también color negro.

—¡Gibbs! Gusto en verte, viejo.

Gibbs lo abrazó. "Al hombre se le previno contra la mujer, a la mujer se le previno contra el hombre, Y si eso no termina en boda, vaya, ¡nada más lo logrará!"

—Ahí tienes, eres el responsable de todo este asunto.

—No asumo semejante responsabilidad.

—Deberías asumirla.

Gibbs sonrió—. Me da gusto por ti, David.

—Yo también estoy feliz.

—Confieso que en más de una ocasión he recordado esa escritura que habla acerca de desear a la mujer de tu prójimo.

—Te quedan algunas horas antes de que se considere como un pecado. ¿Tienes la licencia?

Gibbs extrajo un elegante papel pergamino del bolsillo de su saco.

—Ahora ya eres cómplice. ¿Y el anillo?

Gibbs asintió con la cabeza—. ¡Qué anillo tan espléndido, David!, —exclamó como él sacó el estuche de la bolsa de su saco—. ¿Ya lo vió MaryAnne?

David hizo un gesto con la cabeza—. Todavía no. Es una de las sorpresas del día.

Gibbs guardó el estuche y tomó dos puros de la bolsa de su saco, y le ofreció uno a David mientras se dirigían de nuevo hacia su auto—. Bueno, David, será mejor que nos vayamos. Tus últimos momentos sin preocupaciones, todavía como soltero, están contados. —Se rió con sarcasmo—. Y con una nueva esposa quizá tu fortuna también.

◆

Como lo dictan los cánones en la tradición inglesa, la boda se programó para las doce del día. Diez minutos antes de la hora, David entró acompañado de Gibbs, a la capilla, y juntos se fueron directamente al altar.

Cuando la última campanada marcó las doce en el reloj del campanario, resonando con eco metálico, el órgano de la iglesia irrumpió con un brillante *sforzando*. MaryAnne apareció en la parte superior de la escalera circular; toda la congregación se puso de pie como muestra de admiración colectiva, atendiendo a la etiqueta ceremonial. La novia estaba radiante. Lucía un vestido color marfil bordado a mano, con la parte de enfrente unida con listones, que ceñían su delgada, aunque cada vez menos, figura de reloj de arena. Llevaba unos guantes hechos con delicado encaje color de rosa, que le cubrían por arriba de los codos, y un velo largo le caía sobre la espalda como cascada, sujetado por una sencilla corona de orquideas.

Conforme descendía, David no podía quitar los ojos de la novia, escoltada por Catherine y precediéndolas la sobrina de cinco años de Catherine arrojaba pétalos de rosa blanca a su paso conforme atravesaban por debajo de los grandes arcos florales de peonias blancas y flores de manzana.

Por primera vez en la vida, David se sintió verdaderamente afortunado. Cuando MaryAnne llegó al altar, él se acercó.

—Novia mía, estás hermosa.

MaryAnne se sonrojó mientras se arrodillaban juntos ante el pastor en un cojín de seda frente al altar de arraclán en blanco y hoja de oro.

El órgano se detuvo y MaryAnne le entregó al sacerdote un libro de oraciones. El le dió las gracias, lo abrió y se aclaró la garganta.

—¿Quién entrega a la novia para que contraiga matrimonio con este hombre?

Hubo un silencio instantáneo y desagradable. Ya se había acordado que nadie entregaría a MaryAnne. Fue un error, dada la costumbre, por parte del sacerdote, quien de inmediato reconoció su desacierto.

MaryAnne levantó la mirada—. Dios, reverendo.

El sacerdote sonrió tanto por su ingenio como por su sinceridad.

—Así será, querida.

Él miró a toda la congregación—. Hijos mios, estamos aquí reunidos para unir a esta pareja en santo matrimonio de acuerdo al sacramento del Señor. ¿Hay alguien que se oponga a la unión de esta pareja?

No hubo respuesta, aunque Victoria Piper aprovechó la oportunidad para toser. El sacerdote miró a la novia—. Querida, por favor repite después de mí.

MaryAnne miró a David con cariño mientras repetía

las palabras del juramento hasta que el sacerdote dijo: "hasta que la muerte nos separe."

David miró a la novia en el momento en que una lágrima rodaba por su mejilla—. ¿MaryAnne? —le preguntó dulcemente. Al escuchar su nombre, MaryAnne lo miró—. No hasta la muerte, mi amor, sino para siempre.

David sonrió y se le llenaron los ojos de lágrimas—. Para siempre, —repitió.

Catherine también enjugó una lágrima de su mejilla.

El sacerdote sonrió y continuó—. Y prometo serte fiel.

MaryAnne respiró profundamente—. Y prometo serte fiel.

El sacerdote entoncés se volteó hacia David, quien lo siguió a lo largo de todo el juramento con las alteraciones e improvisaciones adecuadas. Cuando terminaron con los juramentos, el sacerdote le hizo a Gibbs una indicación con la cabeza y entoncés éste último le entregó a David el anillo. MaryAnne se quitó el guante de su mano izquierda y se lo entregó a Catherine quien con delicadeza lo dobló a la mitad, después tomó el anillo de compromiso y el ramo. MaryAnne le ofreció su mano a David

El novio sacó el anillo. Era un exquisito diamante de extraordinario color y corte, enmarcado con safiros, unidos a una banda entrelazada de oro blanco.

MaryAnne se quedó pasmada—. ¡David!

David sonrió mientras deslizaba el anillo en su dedo.

El sacerdote impartió una última bendición a la pareja y el órgano volvió a la vida nuevamente. David se puso de pie primero, y ofreció su mano derecha a la novia ayudándola a incorporarse. Ella lo tomó del brazo, y después de que Catherine le hubo acomodado la cola de su vestido, salieron por el pasillo. David saludó a un río de manos mientras salía de la iglesia presuroso, para abordar un carruaje adornado con flores, en el que aguardaba un cochero impecablemente uniformado sentado en la caja. Al aproximarse los novios, el cochero descendió para ayudar a subir a MaryAnne y David, antes de avanzar.

Ya a cierta distancia de la iglesia, David besó a la novia y luego se reclinó satisfecho—. Quisiera darte uno de tus regalos de boda ahora.

MaryAnne sonrió—. ¿Uno de ellos?

—Acuérdate mi amor, que ahora que eres mía, tengo el privilegio de consentirte. —Le entregó una pequeña caja envuelta con un elegante papel blanco. Ella la desenvolvió y levantó la tapa. Dentro, había un pendiente de diamante en forma de lágrima. Brillaba exquisitamente, reflejando el sol del medio día.

—Ay, David, —dijo MaryAnne suavemente—. Me has convertido en una reina.

—No, MaryAnne. Simplemente te he provisto de los atavíos necesarios.

David levantó el pendiente, lo puso alrededor de su cuello y ajusto el broche. La joya lucía esplendidamente en MaryAnne, y le caía justo a la mitad del seno. Recargó su cabeza en el hombro de David y miró su anillo de bodas—. Te prometo ser una buena esposa.

—Yo, mi amor, te prometo ser un buen marido y amigo. Tu otro regalo está en nuestra casa.

—Nuestra casa, —repitió ella suavemente.

◆

Los arreglos para el banquete de bodas se hicieron en el jardín; nunca antes se había visto tanto esplendor. No se escatimó un centavo en la decoración. Toda el área estaba adornada con lamparas de aceite con listones y flores naranjas amarradas en la base. Varios pavoreales se paseaban exhibiendo su plumaje entre las mesas decoradas con listones blancos salpicando toda el área. El pastel en sí era un elegante festín arquitectónico. Era de seis pisos y estaba cubierto con rosas recientemente cortadas y de colores blanco y durazno.

La comida se sirvió en balcón superior, adornado con flores y listones. En el menú que se eligió cuidadosamente, abundaban los pasteles, los confites, las almejas naturales y guisadas, los consomes, las sangrías, los helados y el café; y las entradas consistían en langosta, cangrejo, codorniz y pavitas.

Al finalizar el almuerzo, los meseros se dieron a la tarea de empaquetar el pastel para cada uno de los invitados. La pareja se desplazó al interior de uno de los salones principales en donde los candelabros estaban cubiertos por rosas blancas. Sobre el manto de la chimenea se colocaron rosas rojas y azucenas, y viñas floreadas rodeaban los pilares de caoba. David y MaryAnne estaban de pie al frente de un marco de palmas saludando a los invitados.

Cuando los relojes de la habitación dieron las cinco, David se dirigió a la novia—. Ahora me gustaría darte tu regalo de bodas. —Alejándose de los invitados, la tomó de la mano y la llevó al salón de arriba en donde extrajo una llave delgada de su chaleco y abrió la puerta.

David le pidió a MaryAnne que cerrara los ojos, la tomó de la mano y ella lo siguió por la habitación.

—Ya puedes abrir los ojos.

MaryAnne los abrió. Ante ella estaba un majestuoso Reloj de Abuelo, el más grande y espléndido que jamás hubiera coleccionado David. Medía casi ocho pies de largo y estaba tallado minuciosamente con detalles florales. Exquisitos pilares flanqueaban la corona del reloj que se alzaba en dos piezas en forma de cuello de cisne de caoba tallada, viendo hacia el interior formando una espiral central. La esfera blanca pintada a mano, ostentaba en cada borde, detallados enjutes de latón. El cuerpo principal estaba protegido por una puerta de cristal de plomo con cerradura de llave maestra.

—David, es un reloj hermoso.

David analizó su rostro con ansiedad—. ¿Te gusta?

Avanzó hacia su regalo y paso los dedos por encima de los exquisitos tallados de madera—. Tiene tantos detalles. Sí. Me encanta.

David paró junto a ella—. Yo quería que el exterior fuera tan ornamentado como el complicado mecanismo interno de relojería. El timbre de la campana es exquisito, distinto a todo lo que he escuchado. Es angelical.

MaryAnne estaba fascinada—. Nunca he tenido algo de tanto valor.

—¿Me permites decirte porque queria darte un reloj?

MaryAnne volteó a ver al novio—. ¿Hay una razón más grande que su belleza?

David miró la carátula del reloj—. En una ocasión me preguntaste porqué coleccionaba relojes.

MaryAnne asintió.

—Desde entonces he pensado mucho en ello. El reloj es una extraña invención. Una serie de levas y engranajes siempre en movimiento, de las cuales no se obtiene nada. No es como una bomba que da agua o una rueca que produce algo útil. Un reloj se mueve mecánicamente sin razón aparente, y si no se interpreta su función resulta inútil totalmente. —Sus ojos se posaron en el reloj—. Es simple movimiento. —Volteó a ver a la que ahora era su esposa—. Y así ha sido mi vida. He actuado sin sentir, simplemente porque era lo único que podía hacer. Tú le has dado significado a mi movimiento.

MaryAnne miró al rostro de David—. Te he dado mi vida, David.

—Y al hacerlo me has dado a mí la vida.

Se abrazaron de nuevo y se besaron durante un largo rato. David sonrió mientras salían.

—¡Vámonos!

—Sí, mi amor.

Gibbs ya estaba afuera con el cochero cargando las maletas en el carruaje. En la escalera de enfrente MaryAnne abrazó a Catherine.

—Gracias, Catherine. Has hecho de este día algo maravilloso.

—Estoy feliz por ambos. Cuídalo bien, MaryAnne. Lo quiero mucho.

MaryAnne la abrazó todavía con más fuerza—. Yo sé, no podría ser de otra forma, hermana mía.

Después de contar las maletas, David tomó a su novia de la mano y la ayudó a abordar el carruaje.

Gibbs se paró al lado del carruaje—. Buena suerte, David.

—Gracias, Gibbs. Regresaremos en dos semanas. La empresa queda en tus manos.

CAPÍTULO SIETE

Andrea

"Jamás imaginé el costo que la mujer tiene que pagar para perpetuar la especie. Ni tampoco que tal valentía pudiese ser contenida en un cuerpo tan pequeño."

DIARIO DE DAVID PARKIN. 17 DE ENERO DE 1909.

os dolores de MaryAnne todavía eran leves cuando la partera recibió la llamada de urgencia, una tal Eliza Huish. Se conocía como una de las parteras más respetadas de la ciudad, y ella misma había dado a luz ya en once ocasiones.

Eliza llegó a caballo poco antes del atardecer. Era mayor de lo que MaryAnne suponía. Un gesto de dureza se reflejaba en el rostro de la matrona. Era de caderas anchas y complexión robusta, llevaba el cabello salpicado de canas, estirado hacia atrás y sujetado por un chongo con sendos mechones cayéndole sobre la mejilla. Su atuendo concordaba con sus modales. Vestía con sencillez, llevaba puesto un vestido pardo de muselín parcialmente oculto bajo un mandil de color marfil pálido, que mostraba las manchas de alumbramientos anteriores. Llevaba un morral hecho de alfombra, lleno de los implementos de su profesión: hierbas, ungüentos, tónicos y trapos hechos jirones.

—¿Ya se le rompió la fuente, Catherine? —preguntó.

—No, señora.

La mujer se paró en el umbral de la habitación inspeccionando la sala victoriana, luego dirigió la mirada hacia los frescos del techo. Parecía no haber visto nunca antes tanta riqueza. El recibidor era uno de los sitios favoritos de David y aunque pasaba muy poco tiempo en él, lo decoró con sus colecciones predilectas, incluyendo el Reloj del Abuelo de MaryAnne. Atendiendo a una sugerencia de Catherine, MaryAnne había escogido esa habitación para dar a luz, dado que era más cómoda para ir al baño y conservaba mejor la temperatura que las habitaciones de la parte superior.

La mujer hizo una inspección del número de ocupantes de la habitación y se puso a trabajar con un fervor lleno de pedantería. Su primer acto oficial fue lanzar fuera a David, quien en retirada forzosa, dejó el salón alzando las manos por encima de la cabeza y ya afuera le dijo a Mark—, es hora del despotismo femenino.

—¿Por qué no puede acompañarme David? —preguntó MaryAnne.

La pregunta asombró a la mujer a quien le parecía fuera de lo natural ese simple deseo y no encontraba razón alguna para que una mujer pudiera querer la presencia de un hombre en tal evento.

—No hay sitio para un hombre en donde una mujer está sufriendo los dolores del parto, —dijo—. Solamente una mujer puede entender lo que otra está sufriendo.

MaryAnne no estaba en condiciones de discutir y se abandonó a la autoridad de la mujer. La matrona puso una mano en la frente de MaryAnne y luego se acercó a los pies de la cama para levantarle el camisón hasta la cintura, entonando himnos en voz baja mientras trabajaba. Se embadurnó las manos con aceite de oliva virgen y empezó a frotar las caderas y los músculos del abdomen de MaryAnne.

—Esto permitirá que los músculos se estiren, querida. Ayudará a que todo sea mucho más fácil. También traje conmigo un poco de la fórmula vegetal de Lydia Pinkham. Ve a traer eso de mi bolso, Catherine. Y también la cuchara.

Catherine tomó una botella de vidrio café llena de tónico. Llenó una cuchara y se la ofreció a MaryAnne, quien hizo una mueca por lo amargo de la sustancia.

—Dos cucharadas llenas, Catherine. Obra milagros para todos los males de la mujer, —aseguró la partera, mientras daba masaje a los muslos de MaryAnne. Después de administrar la dosis, Catherine acercó una taza de café a los labios de MaryAnne, quien la recibió agradecida. La mujer se quitó el aceite de las manos con un trapo.

—¿Hace cuánto tiempo empezó el trabajo de parto?

—Tuvo el primer dolor intenso justo después del mediodía. Empezó a regularizarse hace varias horas, —dijo Catherine. Su voz resonó con esperanza. Luego adquirió un tono desolado—... pero las contracciones cesaron poco antes de que usted llegara.

MaryAnne suspiró.

Las mujeres se sentaron y se miraron mutuamente en silencio.

—¿Deseas algo de comer, Eliza? —le ofreció Catherine.

La mujer asintió con la cabeza—. Gracias. —Observó a MaryAnne—. No he probado bocado desde el desayuno.

Catherine salió y regresó quince minutos después con una charola de plata con pepinos en trozo, dulce de miel, nueces y *sandwiches* de crema de queso y nuez. La mujer devoró los alimentos, acompañada eventualmente por Catherine, que comió únicamente para matar el tiempo. Media hora después, MaryAnne repentinamente comenzó a respirar con dificultad. La partera dejó el emparedado y colocó ambas manos en el vientre de MaryAnne, concentrándose en las contracciones con determinación profesional. Tres minutos después, MaryAnne comenzó a sentir otra—. Ahí está, es un buen principio. Dolores más prolongados, uno más cerca del otro.

MaryAnne hizo un gesto—. Está tardando mucho.

—Es natural, el primer parto siempre es así. Posiblemente nos quedemos aquí toda la noche. —Y como para darle énfasis a sus palabras miró el Reloj del Abuelo por encima de su hombro—. He ahí un buen reloj… para que nos ayude a tomar el tiempo de las contracciones.

Un minuto más tarde, MaryAnne se volvió a tensar, luego emitió un gemido al sentir otra contracción.

—Sólo respira tranquilamente, querida. No tiene caso hacerlo más difícil de lo que ya es. El primero se lleva más tiempo, —repitió—. Una vez presencié un trabajo de parto que duró dos días... claro, pero una vez que ya se había roto la fuente.

MaryAnne permanecía ajena a la voz, concentrándose en las extrañas fuerzas que atribulaban su cuerpo. En los siguientes diez minutos MaryAnne experimentó cinco ciclos más.

—¿Cómo te sientes ahora, querida?

—Siento deseos de pujar, —jadeó MaryAnne.

—Bien, bien. Ahora se está moviendo verdaderamente rápido. Adelante, puja cuando sientas el próximo dolor.

La mujer le secó la frente con sus anchas mangas. Diez minutos más tarde MaryAnne comenzó a sentir otra contracción. Mientras comenzaba a pujar, la fuente se rompió. MaryAnne sintió la sábana mojada.

La matrona se quedó boquiabierta—. ¡Oh Dios! — Estando de pie miraba la descarga rojo brillante. MaryAnne sangraba abundantemente. La mujer adoptó un tono repentino de seriedad—. Catherine, pronto, dame algunos trapos.

—¿Qué pasa? —susurró Catherine.

—La placenta debe haberse separado.

—¿Pasa algo malo? —preguntó MaryAnne con la voz fatigada.

—Una pequeña hemorragia, querida.

Catherine no dijo nada. MaryAnne sangraba profusamente.

MaryAnne miró el techo—. ¿Está bien mi bebé? —Se volvió a tensar por otra contracción. Su voz chilló—. Catherine, ¿dónde está David?

—No sé, MaryAnne.

—Quiero que David esté aquí, —dijo MaryAnne entre grandes jadeos.

—No está bien—, retomó la matrona, estudiando el flujo continuo de sangre. MaryAnne sintió en el cambio de actitud de la mujer, que la crisis era más grande de lo que ella misma confesaba. Pasaron quince minutos bajo las manecillas serpentinas del reloj. La ansiedad de la matrona iba en aumento. MaryAnne comenzó a sentirse mareada.

—¿Todavía vive mi bebé?

La mujer no respondió. La sangre continuaba fluyendo.

—¿Voy a morir?

La matrona movió la cabeza sin convicción—. Estarás bien.

La respiración de MaryAnne se aceleró al presentarse una nueva contracción. No creyó en la respuesta de la mujer—. ¿Existe alguna posibilidad de que muera?

Esta vez la partera no respondió. MaryAnne exhaló, luego se dobló de dolor—. Si vamos a morir en el parto, será con David a mi lado.

La comadrona miró a Catherine—. Llama al hombre.

David acudió al llamado de Catherine y rápidamente entró en la habitación semi-iluminada, su rostro estaba descompuesto por la terrible preocupación. Se acercó a un lado de la cama y tomó la mano de MaryAnne. Estaba increíblemente fría. Miró fijamente a la comadrona quien lo calló con un movimiento definitivo de cabeza. Sintió como su corazón se congelaba. Ella no quería preocupar a MaryAnne con la gravedad de su condición. ¿Qué tan grave era? Clavó la mirada en los pies de la cama y vio la pila de trapos empapados en sangre. Sintió un nudo en el estómago. MaryAnne estaba mojada por la transpiración. David le sostuvo la mano mientras le secaba la frente.

—¡Oh, Dios! no te la lleves lejos de mí, rezaba en silencio. Te daré lo que sea. —Se frotaba las manos ca-

lentándoselas—. Tú puedes, Mary. Todo saldrá bien.
Todo estará muy bien.

—Tengo tanto frío.

David venció su miedo—. Todo saldrá bien, mi amor.

En ese instante, la matrona caminó al lado de la cama
y se inclinó sobre MaryAnne. Tenía la frente perlada en
sudor y su rostro reflejaba una expresión solemne y
sombría. Ya no podían seguir ocultándole a MaryAnne
la verdad sobre la crisis—. MaryAnne, el bebé necesita
salir ahora. —Sus palabras fluyeron lentamente con énfasis—. Tienes que dar a luz ahora.

—¡No sé cómo hacerlo! —gritó.

—Tú puedes, MaryAnne, —le respondió con
firmeza. Adelante, puja, el bebé debe salir.

—¿Está vivo mi bebé?

La comadrona no dijo nada. Catherine comenzó a
llorar y se volteó.

—¿Vive mi bebé? —gritó.

—No sé. El saco del bebé sangra, así que él corre
gran peligro. Pero aún así, se trata de tu sangre y si la
hemorragia no se detiene pronto…

Un rayo helado recorrió la espina de David—. ¿Podría sacar al bebé?

—¡No! —dijo MaryAnne. David se volvió a ella

pensativo. Su rostro estaba pálido y aún cuando tenía los ojos entrecerrados, esto no ocultaba su determinación—. No, David.

David tomó su mano entre las suyas.

—¡Ay, MaryAnne!

—No quiero dejarte.

—No lo hagas, MaryAnne. No permitiré que me dejes.

Eliza retrocedió hasta situarse entre las piernas de MaryAnne, mientras comenzaba otra contracción. Entonces el reloj cucú estalló festivamente anunciando la segunda hora, seguido por diminutos, alegres y coloridos figurines que bailaban vals en pequeños círculos sobre la pista de madera, al compás de una tonada alemana.

—¡Siento al bebé! —Eliza estaba convencida de que primero sentiría la placenta, como un indicio de la muerte del bebé—. ¡MaryAnne, puja de nuevo!

—Siento como si se me salieran las entrañas.

—Lo estás haciendo de maravilla.

—Sí, lo estás haciendo de maravilla. —David presenciaba un lado totalmente nuevo de su esposa, de la vida, y esto lo llenó lo mismo de admiración que de terror.

—Puja de nuevo, querida.

—MaryAnne apretó los ojos y pujó.

—¡Tengo la cabeza! —exclamó la partera—. ¡El bebé está vivo!

MaryAnne gimió de placer y dolor.

—Puja una vez más, Mary. Solamente una vez más.

MaryAnne la obedeció y apareció el niño, cubierto de sangre y fluidos. Al tomar al bebé en sus brazos, la matrona miró a David y a MaryAnne, quien todavía respiraba con dificultad—. Tienen una hija. —Luego cortó y anudó el cordón umbilical, untó aceite al bebé y lo depositó en el pecho de MaryAnne. Ella tomó a la niña en sus brazos y rompió a sollozar de alegría. Los ojos severos color avellana de Eliza se posaron en David—. Ahora salga del cuarto.

David hizo una mueca de satisfacción—. Una hija, —repitió—. Mientras abandonaba el salón, se detuvo en el marco de la puerta para sonreirle a MaryAnne, quien, todavía llorando a mares, le devolvía la sonrisa, orgullosa de la pequeña que sostenía entre sus brazos.

En la oscuridad del vestíbulo afuera del recibidor, David se sentó solo en una banca construída con maderas frutales, una pared lo separaba del estruendo producido por el llanto de la recién nacida. Tenía la mente y el corazón todavía agitados, tanto como los de quien, salvándose apenas de un accidente, se encuentran con el corazón acelerado y sin poder respirar.

Sobre un estante de nogal, situado en la esquina más apartada del vestíbulo, un antiguo reloj francés dejaba escapar un sonido delicado anunciando la media hora. Miró hacia el pasillo, sus ojos eran incapaces de ver la pieza en esa oscuridad. En alguna época, ese reloj había sido el más valioso de su colección. Era un elaborado reloj de manto, chapeado en oro, estilo Luis XV, firmado por su desaparecido creador hacía muchos años. El antepecho del reloj se abría exponiendo el péndulo oscilante en forma de rayos solares y dos querubines de oro guardaban su corona. En la base tenía una caja de música.

David adquirió el reloj en la concurrida sala de subastas Alfred H. King situada en Erie, Pensilvania, un año después de mudarse a Salt Lake City. Pagó por él cerca de mil dólares, más de lo que tenía en mente. El precio del reloj subió hasta equilibrarse no con su valor real, sino con su deseo. El día de la subasta había visto ese reloj no menos de media docena de veces y se obsesionó con él, mirando con recelo a todo el que se aproximara a éste. Nunca había deseado tan intensamente una pieza y quería poseer el reloj sin importar el precio.

El deseo fue como un chispazo que le recordó lo que había sentido momentos antes mientras estaba junto a MaryAnne. Aquella plegaria desesperada que había elevado, tenía un significado ferviente, y por cumplir su promesa en verdad hubiera dado todo lo que poseía con tal de saber que MaryAnne se había salvado.

"Elegimos para nuestra hija, el mismo nombre de la madre de MaryAnne: Andrea. Que maravilla es cuando uno ve por primera vez a su propio hijo. He descubierto un aspecto en mí que aun la dulzura de MaryAnne no podría extraer de mi alma salvaje."

DIARIO DE DAVID PARKIN. 18 DE ENERO DE 1909.

El nacimiento de la niña fue bienvenido con grandes celebraciones por parte de los treinta y cuatro empleados de la empresa Parkin Machinery Company. Zapatitos y vestiditos de estambre llegaron procedentes de todos los rincones, de cada secretaria y esposa de jefe de área, en un intento por superar cada uno el regalo del otro.

Lawrence le regaló a Andrea una sonaja que él

mismo había hecho, doblando tiras de latón en forma de pelota y cubriéndolas con piel, para encerrar dos pequeños cascabeles dentro.

Una vez más, la mansión Parkin se adornó con flores, muchas traídas por vecinos y socios, pero la mayoría por David quien sentía haber realizado el negocio de su vida al casarse con una mujer y en apenas cinco meses encontrarse con dos.

Si bien la paternidad de la niña era un secreto de MaryAnne y David, parecía un hecho de menor importancia, dado que la pequeña no podría gozar de un mejor padre. A David le causaba un gran placer el que le dijeran que el parecido de Andrea con su padre era mayor que el de su madre. Esto se repetía con tanta frecuencia que David finalmente decidió preguntarle a MaryAnne si existía un parecido entre él y el padre verdadero.

—Tú eres su verdadero padre, —ella le contestó. Al presionarla más sobre el asunto, solamente respondió—. Él no era tan guapo.

Andrea era una linda niña con ojos grandes color café que descansaban sobre unas bien esculpidas y sonrosadas mejillas. Al principio le salió el pelo en mechones platinados que se le enrollaban en la coronilla, hasta que le creció tanto como para cubrirle los hombros en risos rojisos color almendra. Tenía los rasgos delicados de una muñeca de porcelana y dondequiera que MaryAnne apareciera en público era acosada por otras mujeres quienes se esforzaban por atraer una mirada de la niña, y luego alardeaban gustosas por haber tenido la ocasión de toparse en el camino con tan pequeña creación.

Como si se tratase de un extraño ritual incluso no muy bien comprendido por sus practicantes, cada una de las personas que frecuentaban a los Parkin y tenía un hijo varón, manifestaba su reclamo por Andrea para su hijo, lo que sólo servía, en todo caso, para acrecentar el orgullo de MaryAnne y David.

❖

"En el año 68 a.c. el emperador romano Vitellius le pagó al Supremo Sacerdote de Galia, cuya responsabilidad era determinar el inicio y el final de la primavera, un cuarto de millón de dólares para que éste extendiera la primavera un minuto. Así, el emperador pudo vanagloriarse de que él había comprado lo que ningún hombre: el tiempo.

"Vitellius era un tonto."

DIARIO DE DAVID PARKIN. 18 DE ABRIL DE 1909.

Al nacer Andrea, David también renació. Si por un lado la presencia de MaryAnne le había otorgado significado a su vida, Andrea le daba sentido a su futuro. Puesto que había pasado la niñez en la oscuridad de las minas acompañado de adultos, David nunca había departido con niños y ahora coreaba cada nueva etapa del desarrollo de su hija con un éxtasis similar al producido por un descubrimiento científico. El día en que Andrea se dio vuelta por primera vez en su cuna, él le comunicó a todo el mundo que no podía parar de maravillarse. Era como si hubiera encontrado la niñez que se le había negado, y, a través de Andrea, pudiese maravillarse con todo ese mundo infantil lleno de muñecas de algodón y animales de porcelana esculpidos en las nubes. A los empleados de la Parkin Machinery Company se les informaba diariamente de los progresos del bebé y se divertían con este nuevo aspecto en la personalidad de su jefe. Se decía en la oficina que David estaba felizmente distraído, aunque en realidad estaba cada vez más concentrado en la niña, y como no se quería perder un instante de su infancia, pasaba más tiempo en casa.

Hacia el final de la primavera, la necesidad lo obligó a hacer un largo viaje de negocios al Este, del cual regresó a casa una semana antes. Catherine lo recibió en la puerta y tomó su abrigo y portafolios.

—Bienvenido a casa, señor.

—Gracias, Catherine. ¿Dónde están MaryAnne y Andrea?

—En el balcón. ¿Puedo ayudarlo con la bolsa que trae al hombro?

—Gracias, pero no. Aquí hay regalos.

David atravesó la casa y salió al jardín en donde MaryAnne estaba sentada en el columpio del balcón, meciendo con delicadeza a la bebé que amamantaba. El patio estaba cubierto con botones blancos de los árboles de durazno, el aire fresco estaba lleno del aroma del perfume del jardín y los sonidos de las canciones de cuna de MaryAnne. Ella, absorta en un mundo aparte, levantó la vista sólo hasta que él estaba muy cerca.

—¡David!

El sonrió ampliamente, dejó en el piso la maleta que llevaba al hombro, la besó, luego se sentó, e hizo a un lado la manta para ver a la niña.

—Qué animales tan maravillosos somos, —dijo—. Me siento tan bien de estar en casa. Ustedes dos han hecho que mi vida sea tan difícil. Me han expuesto a la enfermedad de la nostalgia.

—Entonces es contagiosa, —respondió MaryAnne—. Te hemos extrañado tanto. ¿Cómo te fue de viaje?

—Lo he decidido. —Se inclinó para besar a Andrea en la cabeza—. Durante mi ausencia se me ocurrió una gran idea en relación al negocio. He decidido que extraño a mi secretaria.

—¿Si?

—Quisiera que regresara conmigo.

—Si pudieras acomodar a dos damas en la misma posición, lo podría considerar.

Se reclinó hacia atrás y aspiró el delicioso aroma de los botones de lilas y manzana—. La primavera trae tanta vida a este desierto. Terminé el negocio más pronto de lo que todos planeábamos.

—¿Fue productivo?

—Adecuado. —Repentinamente él sonrió—. Hay algo que quiero mostrarte, —dijo emocionado. Desató los cordones de la bolsa que antes cargaba sobre el hombro y extrajo una caja envuelta en papel dorado. Levantó la tapa de la caja e hizo a un lado la envoltura. Dentro estaba un vestido de terciopelo púrpura con un cinturón de seda negra y cuello de encaje blanco.

MaryAnne se quedó boquiabierta—. ¡Es hermoso!

—Creo que habría que probárselo, —sugirió David.

MaryAnne se tapó la boca, luego se volteó, tratando de contener la risa que le provocaba.

—¿De qué te ries? —preguntó inocentemente.

—Lo siento, —dijo ahogando la risa—. ¡David, no podrá usarlo durante años! —Con una mano sacó el vestido de la caja.

Examinó la prenda y luego volteó para ver a la niña.

—¡Ah!

—Es un vestido precioso. Se verá hermosa con él. —En su boca se dibujó un gesto de burla—. Cuando tenga cuatro o cinco años. —Rió otra vez.

—No sé mucho de tallas, —confesó. Y cogió la maleta nuevamente. Esta vez sacó una caja de madera. Después con mucho cuidado la abrió y extrajo del interior una pequeña caja de música de porcelana, un carrusel pintado a mano en colores pastel y adornos en oro, le dió cuerda al instrumento y luego lo sostuvo en la palma de su mano. Producía una simple melodía de carnaval mientras los caballos giraban subiendo y bajando en dirección de las manecillas del reloj. Al escuchar el sonido de la música, Andrea dejó el pecho de MaryAnne para ver el juguete. Se emocionó tratando de alcanzar los diminutos e inquietos caballos.

—¡Es maravilloso! ¡¿Dónde encontraste este juguete?!

—En una tienda de relojes de Pensilvania. El propietario, un tal señor Warland, crea los más interesantes inventos.

—Tú sí sabes dar regalos, David.

—También tengo uno para ti.

—¿Qué es?

—Es pesado. Y diferente, pero creo que te gustará. Dijo buscando en la maleta y sacando una caja de nogal oscuro. Cordones de piel cruzaban la cubierta labrada con elaborados motivos navideños. A su vez los cordones estaban sujetos a unas hebillas de plata. Del lado contrario había dos goznes de latón forjadas con gran destreza en forma de acebos.

—Es hermosa. ¿Es para guardar cosas de Navidad?

—No está vacía. David puso la caja a un lado de MaryAnne. Ella desabrochó las hebillas de plata y retiró los cordones de piel. La abrió lentamente. El interior de la caja estaba forrado de terciopelo color vino. Dentro reposaba una biblia muy antigua de piel, con una cubierta adornada de hojas repujadas en oro.

—David...

—Pensé que te gustaría. Tiene por lo menos doscientos años. Compré la biblia en una subasta. Luego vi la caja y se me ocurrió que hacían juego.

—Señor.

David volteó. No se había dado cuenta de la presencia de Catherine. Ella se quedó fuera del balcón, sosteniendo una tarjeta con la mano estirada.

—Gibbs le dejó un mensaje.

—Gracias.

David tomó la tarjeta. MaryAnne dejó de mirar la caja. ¿Qué pasa?

—Gibbs quiere verme mañana. Por el tono con el que está escrita la nota supongo que está preocupado por el negocio.

—¿Pasa algo malo?

—Nada. —Levantó nuevamente el carrusel y le dio cuerda sosteniendolo para que lo viera Andrea—. Todo está bien.

❖

"En Filadelfia tuve la fortuna de descubrir una pieza única, un reloj solar del siglo XVI fabricado en latón y oro que reproducía el milagro bíblico del profeta Isaías, volver al pasado.

«Observad, haré que la sombra del sol menguante se aleje diez pasos sobre el camino de Ahaz. Y el sol retrocedió los diez pasos que había menguado.»

ISAÍAS 38.

"El reloj de sol está diseñado para contener agua y una figurilla en un extremo, un Moro sostiene una manecilla fija que se extiende desde el centro del reloj. Cuando los rayos solares se reflejan en el agua, se proyecta una sombra y, durante dos horas todos los días, el tiempo retrocede. Su dueño no pudo lograr que esto le sucediera a él."

DIARIO DE DAVID PARKIN. 17 DE ABRIL DE 1909.

Al día siguiente, como lo pedía Gibbs, David llegó temprano al trabajo y se llevó una pila de papeles y documentos financieros. Fue hasta después de una hora, cuando alguien llamó a la puerta. Un Gibbs con el rostro sombrío empujó la puerta abierta.

—David, ¿podemos hablar un momento?

—Claro.

—¿Cómo te fue en Filadelfia?

—Solamente pude negociar una concesión a un costo parcial, pero es aceptable.

Gibbs arrugó la frente. En todos los años de conocer

a David, era raro que no obtuviera lo que se proponía y nunca dejaba las cosas tan fácilmente.

—Te ves preocupado Gibbs. Recibí tu nota. ¿Qué te pasa?

—Estoy preocupado. Nuestras ventas han bajado considerablemente.

—Sí. He visto el libro mayor. ¿Tienes la solución?

Gibbs suspiró—. Es difícil si tú no estás aquí. Sigues siendo nuestro mejor vendedor. Cuando nos reunimos con los clientes importantes éstos se ofenden porque no estás. Uno de ellos me preguntó si ya no queríamos hacer negocios con ellos.

David hizo una mueca de enojo—. ¿Todavía tenemos ganancias?

—Podríamos tener más. La ciudad está creciendo tanto.

David atravesó la habitación y miró el tránsito por la ventana. Durante un largo minuto no dijo nada, entonces, suavizando la voz, comenzó a hablar.

—¿Cuándo será suficiente, Gibbs?

—No sé de qué hablas.

David levantó las manos, todavía dándole la espalda a su gerente—. ¿Cuándo obtendremos las ganancias suficientes? ¿Hasta cuándo tendré suficiente dinero? No hay forma de que gaste lo que tengo en dos vidas. Ni siquiera en veinte vidas.

Gibbs se reclinó exasperado—. Ha habido un gran descubrimiento de cobre en los yacimientos Oquirrh. Se habla de una gran veta que podría rivalizar con las más grandes del mundo. Existen grandes oportunidades. Y las estamos perdiendo.

—Y tienes razón, —dijo David, mirando a su alrededor—. De eso precisamente estamos hablando. Oportunidades perdidas. Siempre tengo la oportunidad de hacer más dinero, pero de qué forma podré recuperar una infancia perdida. Lo único seguro en la niñez es que ésta termina. —Hizo una pausa reflexionado—. Y cuando se va, se va.

Gibbs lo miró con frustración—. Sólo trato de proteger nuestros intereses.

—… y no te estoy ayudando mucho a que cumplas con tu trabajo. —David se acercó y puso la mano sobre el hombro de Gibbs—. Te aprecio y te aseguro que no dejaré que mi negocio se pierda. No dejaré que tú, o cualquiera de mis empleados padezcan, pero en este momento por fin siento que me he reencontrado con la vida. Dejarlo sería la muerte. Da tu mejor esfuerzo Gibbs, pero por ahora, hazlo sin mí. —Su voz se desvaneció en el silencio y Gibbs agachó la cabeza frustrado.

—Sí, David. —Se levantó y salió de la habitación.

◆

"Me da la impresión de que mi Andrea crece muy rápido, como si el tiempo avanzara con un ritmo desacostumbrado. A veces quisiera que estuviera en mi mano el poder extender el brazo y detener el momento, pero en eso me equivoco. Quien sostiene una nota echa a perder la canción."

DIARIO DE DAVID PARKIN. 12 DE OCTUBRE DE 1911.

Dos meses antes del tercer cumpleaños de Andrea, guardaron la cuna en el desván y una pequeña cama ocupó su lugar. La nueva cama era excitante para la pequeña, porque representaba la libertad, la cual, para un niño, es más importante que el sueño. David y MaryAnne descubrieron que cada vez les tomaba más tiempo acostarla.

Una noche, cuando David terminaba de leerle una segunda historia a Andrea, pensando que había tenido éxito en provocarle el sueño, se inclinó y le besó la mejilla.

—Buenas noches, —susurró.

Los ojos de Andrea se abrieron completamente—. Papi. ¿Sabes qué?

David sonrió maravillándose de la persitencia de la niña—. ¿Qué?

—Los árboles son mis amigos.

David frunció el ceño ante tan súbita observación—. ¿De veras? —La cobijó con la manta hasta la barbilla—. ¿Cómo sabes eso?

—Me saludaron.

David sonrió.

—Y yo también a ellos.

David rió de buena gana. Estaba sorprendido por la pureza de pensamiento de la niña.

—Andrea, ¿sabes por qué te amo tanto?

—Sí, —contestó ella.

—¿Por qué? —preguntó, genuinamente sorprendido de que tuviera una explicación.

—Porque soy tuya.

Extrañamente, la respuesta de Andrea le infringió un sentimiento de angustia. Sonrió forzadamente—. Y no te equivocas. Buenas noches, pequeña.

—Buenas noches, papito, —contestó somnolienta y se dió la vuelta.

David no se fue a la cama, se recluyó en el salón para

pensar. Después de una hora, MaryAnne, vestida con ropas de cama, fue por él. Entró sin hacer ruido. David estaba sentado en una silla verde y oro ricamente brocada. Había varios libros a su alrededor, pero ninguno estaba abierto. Tenía la cabeza inclinada, descansando en la palma de su mano. MaryAnne entró.

—¿David? ¿Te preocupan los negocios?

—El levantó la cabeza.

—No. —Su voz tenía un dejo de melancolía—. He estado pensando.

MaryAnne se colocó atrás de la silla y se inclinó sobre ella, rodeándole el cuello con los brazos.

—¿Qué es lo que piensas, mi amor?

—¿Se lo diremos algún día?

—¿Decirle qué?

—Que no soy su verdadero padre.

MaryAnne hizo una mueca con la frente. Dio la vuelta y se sentó en el escañuelo tapizado frente a él—. Tú eres su verdadero padre.

Él movió la cabeza—. No, no lo soy. Y me siento mal, como si le estuviera ocultando algo.

—David, eso no es importante.

—¿Pero acaso no deberíamos permitirle conocer la verdad? Siento como si estuviera viviendo una mentira.

—Entonces es lo menos por lo más.

—¿Qué quiere decir eso?

—Un mentira de sociedad. La mentira que demanda que simplemente por impregnar a una mujer el hombre se convierte en padre. —Los ojos de ella lo miraban como recordando algo repulsivo—. El hombre que se acostó conmigo no es un padre. Ni siquiera es un hombre de verdad. Me pregunto si por lo menos es un miembro de nuestra especie.

David se sentó erguido, sopesando lentamente la intención de sus palabras—. ¿Lo has visto? ¿Desde nuestro compromiso?

MaryAnne se preguntó el porqué de la pregunta, pero no pudo discernirlo a través de su expresión—. Una vez.

—¿Tú acudiste a él?

—¡David! —Ella lo tomó de la mano—. Eso hubiera sido como vaciar una copa de champaña para llenar un vaso con leche agria.

—¿Lo odias?

—No pienso en él lo suficiente como para odiarlo. Tampoco siento compasión, aunque es digno de compasión...

David guardó silencio.

—El me buscó afuera de la compañia dos días después de que me pediste que nos casáramos. Quería que regresara con él. Le dije que no quería volver a verlo jamás. Me llamó ramera y dijo que cuando naciera el bebé todo el mundo lo sabría pero que tenía una forma de deshacerse del bebé para que no interfiriera en nuestra vida juntos. —MaryAnne hizo una mueca mientras se retiraba—. Nunca había deseado hacerle mal a nadie en mi vida, pero en ese momento quería matarlo. Se me quedó viendo con esa expresión arrogante como si con ello me rescatara del desprestigio y por tanto debiera caer a sus pies agradecida. Le di una bofetada. Sabía que probablemente él me golpearía otra vez, aun en público, pero no me importó.

—En ese momento uno de los encargados pasaba por la esquina. Sospecho que se había percatado de lo sucedido y me preguntó si necesitaba ayuda. Virgilio estaba furioso pero es un cobarde. Levantó un dedo burlonamente, luego se alejó maldiciendo. Ese es su nombre. Virgilio. Me deja un sabor putrefacto en la boca cuando lo pronuncio.

Ella miró a los ojos de David.

—En otro tiempo creía que lo quería, pero ahora él

es irrelevante, David. Para mí no significa nada, pero aún menos para Andrea. Te lo ruego, como su padre, no se lo digas. Eso no la hará feliz y sí la hará sufrir mucho.

Su voz se quebró—. Lo único en lo que tenemos que pensar es en cómo afectará su felicidad, ¿no es cierto?

David contempló la pregunta en silencio. Luego se dibujó media sonrisa en su boca—. Te amo, MaryAnne. De veras te amo.

CAPÍTULO OCHO

El Regalo de la Viuda

"Me parece muy extraño que esas ancianas compartan sus más profundos secretos con un hombre que, de encontrarlo en el tranvía meses atrás, hubiesen huído aterrorizadas."

DIARIO DE DAVID PARKIN. 16 DE NOVIEMBRE DE 1911.

or un extraño giro que adoptaron las costumbres sociales, Lawrence se convirtió en el pan de cada día de la élite de viudas de la ciudad y de aquéllas que buscando una posición, susurraban su nombre en reuniones para tomar el té y en almuerzos, como si se tratara de una contraseña. En un principio las mujeres de edad avanzada comenzaron las visitas a su cabaña porque el hacerlo representaba una excusa perfecta para el escándalo y daba lugar a chismes, pero con el tiempo, las visitas habían evolucionado y

ahora se producían más por motivos de soledad que
por pretensiones sociales. Se sospechaba incluso de
algunas viudas que habían descompuesto a propósito
sus relojes para tener una excusa y poder visitar al
relojero.

Aunque era muy raro que las viudas salieran de casa
después de que oscureciera, como en verano se pro-
longaba la luz del día, las visitas algunas veces inte-
rrumpían la cena de Lawrence. Esa noche en particular,
Lawrence se encontraba rebanando zanahorias en un
sartén, con un afilado cuchillo de acero, cuando se presentó ese golpe tan familiar en su puerta. Levantó el
sartén enegrecido de la estufa y saludó a la viuda. Maud
Cannon, una mujer con el rostro demacrado, y el pelo
gris, estaba de pie afuera, apoyándose en un bastón
negro con incrustaciones de perlas. Llevaba puesto un
vestido marrón de popelina, con un cinturón de satín y
un broche dorado en forma de hoja de maple sobre su
corpiño. En su mano izquierda asía una bolsa de cuen-
tas. La acompañaba un muchacho vestido con pantalones bombachos, con los músculos tensos por el
peso de un enorme reloj incrustado en una estatua de
bronce.

—Lemme trae acá eso, —dijo Lawrence, saliendo

para liberar al muchacho del peso del reloj, que luego se relajó agradecido—. Pase señorita Maud.

—Gracias, Lawrence. —Ella entonces se volvió hacia el muchacho y dijo con autoridad—: Tú espera afuera, luego entró tras de Lawrence quien depositó el reloj en su mesa de trabajo y fue por un trapo para limpiar el polvo de la silla más cercana a la mujer. La superficie estaba limpia, pero se trataba de un ritual de cortesía que no debería ser pasado por alto.

—Siéntese, doña.

—Gracias, Lawrence. —Ella se acomodó en la silla—. Quisiera que limpiara el reloj.

Lawrence arqueó las cejas—. ¿Sucede algo malo con el trabajo que le hice la semana pasada, doña?

La mujer miró nuevamente el reloj al tiempo que un gesto que denotaba confusión, la hacía palidecer. Se aclaró la garganta—. No, Lawrence, usted siempre hace muy bien su trabajo. Es sólo que tengo visitas esta semana y me gustaría que el reloj luciera especialmente bien.

Lawrence conocía bien a la mujer desde hacía ya tiempo como para percatarse de la verdad. Ella había olvidado cuál reloj le había llevado la semana pasada.

—Usted sí que sabe cómo atender a sus invitados,

señorita Maud. Deben de agradecer mucho su hospitalidad.

Ella suspiró—. No creo que siquiera lo noten. —Luego extrajo un pañuelo de un bordado muy elaborado y se limpió la ceja—. Creo que la campana de éste suena opaca.

—Me aseguraré de revisarlo, señorita Maud. Abrió la puerta de cristal y empujó la manecilla grande a la marca de media hora. La campana sonó una vez en un tono perfecto—. Pero mire que pieza tan hermosa, es un honor trabajar en ella. —Dio un paso atrás para admirar el reloj—. Seth Thomas sí que fabricó una pieza hermosa.

Se trataba de un reloj de cara blanca, rodeado de una base, con la escultura de metal de un ángel apuntando al cielo, mientras una pequeña juntaba sus manos en oración.

—Juraría que ese ángel va a salir volando de ahí.

La viuda sonrió, se limpió de nuevo la ceja y guardó el pañuelo en su bolsa—. Necesito que me haga un favor especial, Lawrence.

—¿Sí, doña?

—Me gustaría llamarlo Larry.

Él volteó a mirar a la viuda—. ¿Larry?

—Sí, hace tiempo que nos conocemos. ¿Le importaría?

A Lawrence le importaba un bledo que lo llamaran así, pero no quería ofender a su cliente—. Supongo que sí, doña, aunque, nadie me ha llamado así jamás.

—Bueno, si a usted le da lo mismo.

—Sí, señora.

Ella se reclinó en la silla satisfecha—. Larry, últimamente he pensado mucho en usted. Quizá porque usted es negro y no tiene mucho, pero me parece que es una de las pocas personas que conozco que verdaderamente aprecian el valor de las cosas. Como este reloj que tenemos aquí, —dijo, haciendo un gesto en dirección de la mesa—. Por eso es que puedo traerle mis relojes sin preocuparme.

—Gracias, doña.

—Antes, cuando vivía mi Rodney, que Dios bendiga su alma, él apreciaba las cosas. Rodney podría admirar las puestas de sol como si estuviera descubriendo algo. Uno pensaba que se trataba de un regalo de Dios sólo para él. —Suspiró y su voz suave adquirió un tono melancólico—. Pero cómo cambia la vida. La única familia que tengo ahora es el miserable de mi sobrino.

—¿Su sobrino no sabe apreciar las cosas doña?

Ella frunció el entrecejo—. Mi sobrino es un maldito tonto. Por supuesto que no debería maldecirlo, pero es la verdad. Le doy dinero y se lo gasta en licor y apuestas y me da escalofrío pensar en qué otras cosas. —Inclinándose, agregó—. Cree que cuando yo muera le dejaré una no despreciable herencia, pero ¡eso será sobre mi cadáver! —dijo indignada. De improviso hizo un gesto divertido con la boca—. Aunque supongo que todas las herencias son sobre un cadaver, Larry.

—Sí, doña, supongo que sí.

—Le va a sorprender, pero voy a dejarle cada centavo al fondo de la iglesia para misiones.

—Deje de hablar de morirse, doña.

La vieja dama suspiró—. Larry, no estoy haciendo tonto a nadie. No me quedan muchos amaneceres. —Su voz entonces reveló cansancio y melancolía—. Casi todos mis amigos se han ido ya. Aquí se está muy solo, Larry. Siento como si solamente me quedara esperar. —Se inclinó agitando su fino dedo como para dar énfasis a sus palabras—. Muere cuando todavía te quieran, solía decir Rodney. —Volvió la vista al piso y sus ojos parpadearon lentamente—. Me he quedado aquí demasiado tiempo.

Lawrence no podía ayudarle, pero sentía compasión

por la anciana—. Nadie sabe cuándo le tocará, señora Maud. Pero siempre nos toca. De eso puede estar segura.

Ella levantó la vista—. ¿Sabes Larry?, realmente disfruto estas pequeñas visitas. Son el sol de mi semana. Cuando me vaya, tengo en mente dejarte algo. —La sola idea le iluminó el rostro—. Sí, ese reloj de oro en forma de rosa que te gusta tanto.

—Doña, yo no puedo quedarme con relojes.

—Es un reloj muy especial. Tiene que tenerlo alguien que lo aprecie. Seguro que causará conmoción, el que una pieza de familia le sea heredada a un negro, pero no me importa. Me sienta bien causar un poco de controversia a mi edad. Lo voy a dejar escrito en mi testamento.

—¿Qué va a decir su sobrino?

La mujer hizo un gesto de fastidio—. Maldito tonto. Lo cambiaría por licor media hora después de que cayera en sus ociosas manos. Ni una palabra más, Larry, será para ti. Insisto.

—Creo que me gustaría más disfrutar su compañía, doña.

Ella sonrió con tristeza y le palmeó la mano—. Eso no lo podemos escoger, Larry. A decir verdad, no me he sentido muy bien últimamente. —De nuevo sacó el pañuelo de su bolso y se retocó las mejillas—. Es hora de partir, Larry, —dijo con desgano.

Lawrence se puso de pie para ayudar a incorporarse a la mujer, extendiéndole el bastón.

—Gracias, Larry.

—De nada, doña. —Lawrence abrió la puerta y le hizo un gesto al muchacho quien tomó a la viuda del brazo y la ayudó a regresar al carruaje.

◆

"Esta es una pregunta digna de filósofos —¿tenemos sueños o somos parte de ellos? En lo personal, no creo en la natu-raleza profética o mística de los sueños. Pero puede ser que me equivoque."

DIARIO DE DAVID PARKIN. 17 DE MARZO DE 1912.

Dos horas antes del amanecer, MaryAnne se despertó sobresaltada y comenzó a sollozar inconsolable sobre la cama. Respiraba con dificultad. David se sentó alar-mado—. ¿Qué te ocurre MaryAnne?

—¡Ay, David! —exclamó—. ¡Parecía tan real! ¡Era tan espantoso!

—¿Qué, Mary?

Ella enterró la cara en el pecho y comenzó a llorar de nuevo—. Tuve el sueño más horrible.

David la abrazó.

—Soñé que estaba en la cama amamantando a Andrea y llegaba un ángel por la ventana, la tomaba de mi pecho, y luego salía volando con ella.

David la tomó con fuerza—. Solamente fue un sueño, Mary.

Ella se limpió las lágrimas del rostro con una manga de su camisón—. Tengo que verla.

—Yo iré, —dijo David. Saltó de la cama y caminó por el largo pasillo hasta el cuarto de la niña. Andrea no se movía, su mejilla estaba iluminada por un rayo de luna. En ese momento se volteó de lado y David exhaló un suspiro de alivio. Rápidamente se dirigió a la recámara—. Está bien. Duerme. —Y regresó a la cama fatigado.

—¿Crees que signifique algo? —preguntó Mary-Anne.

—No lo creo. Siempre soñamos con lo que más tememos, —dijo David afirmando.

MaryAnne aspiró—. Perdona por haberte despertado.

El la besó en la frente, se recostó abrazándola y la atrajo hacia sí—. Buenas noches.

—Buenas noches, David. —Mary se acurrucó junto a él y volvió a dormir. David se quedó mirando al techo sin poder conciliar el sueño.

A la mañana siguiente MaryAnne entró al cuarto de la niña y corrió las cortinas, inundando la habitación con la luz matinal.

—Buenos dias, dulce Andrea, —le dijo cantando suavemente. Se sentó en la cama junto a la niña—. Es hora de despertar. —Andrea abrió los ojos lentamente, tenía los párpados pesados y un poco hinchados. Sus labios estaban secos y partidos.

—¿Andrea?

La niña se quejó—. Mamá, me duele el cuello.

MaryAnne acercó su mejilla a la frente de Andrea y de inmediato se incorporó. ¡Estaba muy caliente, tenía fiebre! Corrió hacia el corredor y llamó a Catherine que apareció casi instantáneamente.

—Andrea tiene fiebre, búscame unos trapos húmedos y hielo. Manda a Mark en el coche por el Dr. Bouk.

—Sí, señora, —dijo, saliendo de prisa. MaryAnne se arrodilló ante la cama de Andrea y le acarició la frente.

Instantes después, Catherine, casi sin aliento, regresó con las cosas.

MaryAnne cogió las telas, envolvió el hielo con ellas y se las puso en la frente a Andrea. No fue sino hasta entonces cuando MaryAnne notó una erupción en la mejilla de la niña. El sueño de la noche anterior le hacía eco en la cabeza, aterrándola. Hizo un intento por olvidarlo.

Andrea ya estaba dormida nuevamente cuando Mark regresó en el carruaje. De inmediato Catherine condujo al doctor al cuarto de la niña. El Dr. Bouk había sido el médico personal de David desde que él había llegado a la ciudad y no era un extraño en la mansión Parkin. Cuando entró en la alcoba, MaryAnne se movió al lado opuesto de la cama. El doctor poseía una personalidad muy reservada y simplemente saludó a MaryAnne asintiendo con la cabeza—. Señora Parkin.

—Doctor, tiene fiebre y salpullido.

El dejó su maleta de piel en el piso y se inclinó sobre la niña. Puso las manos a ambos lados del cuello de Andrea y levantó los pulgares bajo su quijada— ¿Te duele, niña? —Andrea asintió letárgicamente. Frunció el ceño y abrió la boca de la niña con delicadeza. Tenía la lengua blanca con pequeñas manchas rojas.

—Es escarlatina, —dijo lentamente—. Fiebre escarlatina.

Ese año habían muerto dieciocho personas en la ciudad de esa enfermedad y el diagnóstico le produjo escalofríos a MaryAnne. Luego se retorció las manos. Catherine se aproximó a su lado.

—¿Qué hago?

El doctor se incorporó y se quitó los lentes. Era un hombre alto y delgado, era muy delgado pero irónicamente tenía un abdomen que resaltaba—. Deberá quedarse en cama, por supuesto. En unos días el salpullido se obscurecerá. Le voy a administrar una pomada que ayudará para que la enfermedad no se disemine más. La hará sentirse mejor. —Buscó dentro de su maleta y sacó una botella pequeña—. Esto es yoduro de mercurio. Le voy a dar media pastilla. Posiblemente detenga la fiebre y prevenga la descamación, esto es, que la piel se empiece a desprender. —Se llevó una mano a la boca y tosió—. Un baño caliente diario de sal o mostaza podría ayudar. Catherine, usted puede conseguir glicerina en una botica. Debe administrarse directamente a la boca de la garganta.

—¿Cuánto tiempo durará la enfermedad?

El doctor arrugó la frente—. Tal vez cuarenta días… si tenemos suerte.

No necesitaba explicar su respuesta. MaryAnne sabía que la muerte casi siempre sobrevenía dentro de las dos primeras semanas.

—Animo, señora Parkin. No han habido tantas muertes de escarlatina como en el siglo pasado. —Se puso de pie y le tocó el hombro, luego se detuvo en la puerta.

—Debo notificar al departamento de salud de la ciudad. Pondrán su casa en cuarentena.

MaryAnne asintió—. Por supuesto, —dijo. Cuando el doctor se fue, se sentó en la cama tratando de contener el llanto que la agobiaba. Catherine la abrazó.

—¿Dónde está David?

—Ya viene, MaryAnne. Mark fue por él.

MaryAnne miró a su pequeña que descansaba. Catherine le acomodó el cabello hacia atrás.

—Mi hermano contrajo la fiebre hace dos veranos, —dijo, esperando confortarla—. Ya está bien.

—¿Qué hiciste?

—Mi madre puso a remojar tocino en aceite de carbón y se lo untó en la cabeza y la garganta.

—MaryAnne se enjugó los ojos. ¿Eso es todo?

—Rezamos por él.

—¿Se curó?

—Es de constitución muy frágil, pero se recobró.

MaryAnne retiró la mirada de la niña y murmuró en un tono desesperado—, haría cualquier cosa. — Catherine la abrazó con más fuerza.

—Cualquier cosa, Catherine, para no perderla.

❖

Esa tarde la oficina local de salud sometió la casa a cuarentena, señalando la puerta con un gran letrero rojo carmesí en el que se leía: CUARENTENA. Las semanas siguientes se consumían con MaryAnne sentada al lado de Andrea. Cada día era una copia al carbón del día anterior, excepto porque el aspecto de MaryAnne estaba más demacrado y débil conforme pasaban los días. Hacia el final de la segunda semana se veía desolada, sus ojos estaban rodeados de anillos obscuros y su piel parecía de cera. Casi no hablaba y a Catherine le parecía que había caído en un trance terrible. La preocupación de David por su esposa creció hasta igualar la que sentía por Andrea. La fiebre escarlatina afectaba poco a los adultos, pero no estaban exentos, especialmente en casos de gran debilidad como el de MaryAnne. David la visitaba cada vez con más frecuencia y ansiedad, hasta que no pudo soportar más su vigilia. Esa noche llevó la cena al cuarto él mismo.

—MaryAnne, Catherine me dijo que no te has apartado de Andrea desde hace una semana.

Ella no contestó pero cogió el plato de sopa. David observó la forma como se movía lentamente, daba la impresión de que sus músculos se hubiesen debilitado. Frunció el entrecejo—. Ven, MaryAnne. Sal de la casa. Yo cuidaré a Andrea.

—No, —respondió.

—MaryAnne.

—No puedo dejarla, David.

—¡Debes hacerlo!

Ella negó con la cabeza.

David comenzó a enfadarse por su terquedad—. Esto es una locura MaryAnne. ¿Por qué no puedes dejarla?

Ella lo miró y su ojos se llenaron de dolor—. ¿Qué pasaría si no pudiera despedirme de ella? —dijo en voz baja.

David miró en lo profundo de los ojos fatigados de MaryAnne—. ¿Ocurrirá eso?

Ella hizo el plato a un lado y se echó en sus brazos, mirando a su niña—. No debe pasar, no debe pasar.

◆

"En esta vida, ¿tenemos que asirnos a la felicidad desesperadamente o sólo tener miedo de que se nos escape? El precio que tenemos que pagar por la felicidad es el riesgo de perderla."

Diario de David Parkin. 3 de Mayo de 1912.

Era miércoles en la mañana cuando el sonido de una risa despertó a MaryAnne. Andrea estaba sentada en su cama riéndose de un pájaro sinsonte que picoteaba el marco de la ventana.

Dudando de lo que veía, MaryAnne se levantó lentamente y se acercó a la niña. Tocó la frente de Andrea.

—Andrea. ¿Te sientes bien?

La pequeña le sonrió a su madre—. ¿Viste al pájaro? —Sus ojos, todavía hinchados por un mes de enfermedad, brillaban, y su piel ceniza había recuperado el color.

MaryAnne llamó a David desde la puerta, quien, esperando lo peor, entró rápidamente en la habitación seguido de Catherine. Estaba sorprendido de ver a la niña sentada.

—No puedo creerlo.

Catherine dió una palmada—. ¡Ay, MaryAnne!

—David, ¡Está bien! ¡Andrea está bien!

David se aproximó a la niña quien le sonrió.

—Hola, papito. ¿Viste al pájaro?

David miró hacia la ventana—. Ya se fue. ¿Te dijo algo?

—Los pájaros no hablan.

—Lo olvidé, —dijo caprichosamente.

Besó a la niña en la frente, se volvió a MaryAnne y la tomó en sus brazos—. Lo lograste, Mary. Por pura voluntad o amor, ganaste.

Catherine corrió a darle la noticia a Mark.

❖

Al día siguiente, antes de que los relojes de la mansión Parkin proclamaran las diez horas, Lawrence atravesó el sendero de adoquín rumbo a la casa, su sombrero ancho con una franja de fieltro se inclinaba ante el sol de la mañana. Llevaba un libro en una mano.

Catherine estaba en el porche puliendo los ven-

tanales con movimientos cortos y rectangulares. Se
volvió al ver la sombra de Lawrence.

—Buenos días, señor Flake.

Lawrence se despojó del sombrero—. Buenos días,
señorita Catherine. ¿Se encuentra en casa David o la
señorita MaryAnne?

En ese momento, MaryAnne, quien lo había visto
llegar, salió a recibirlo—. Bienvenido, Lawrence.

—¡Señorita MaryAnne! —La expresión de Lawrence
dejó entrever su sorpresa al ver que estaba en los huesos.

MaryAnne se sonrojó—. Lo siento, debo verme terrible.

—No, doña, —replicó Lawrence rápidamente—,
usted se ve tan bonita como siempre.

MaryAnne esbozó una sonrisa ante la mentirilla—.
Ha sido muy difícil, Lawrence.

—Lo sé, doña. Pero usted es fuerte como una roca.
—Lawrence bajo el sombrero tomándolo con la misma
mano que sostenía el libro. Luego se estiró—. Me pre-
guntaba si ahora que Andrea ya no tiene fiebre, la podría ver. Le traje un libro, que quizá le pudiera leer.

—Por supuesto que puedes. Le encantará. Por favor,
pasa. —MaryAnne lo condujo al cuarto de la pequeña

y anunció al visitante, Andrea se revolvía de felicidad en la cama, quitándose el apretado cobertor que le cubría las piernas.

—¡Hola, Lawrence!

—¿Cómo se siente, señorita? —preguntó Lawrence al entrar en la habitación semi-oscura.

—¡Puedes entrar, ya no estoy enferma!

—Su mamá me dijo que se siente mucho mejor.

MaryAnne sonrió por ese intercambio amistoso, después se disculpó y cerró la puerta. Él se sentó en la cama frente a ella—. Vine a leerle una historia.

—¿De qué trata?

—De un conejo.

Andrea sonrió—. Yo me sé un cuento de un conejo que se metió al jardín de un granjero.

—Bueno, éste, señorita, es el cuento de un conejo hecho de terciopelo. ¿Sabe usted lo que es el terciopelo?

Ella movió la cabeza negando.

—Algo muy suave como este cobertor. Se siente bien cuando lo pone en su cara. —Y mientras decía esto se talló el rostro con el dedo índice.

Andrea sonrió—. Tu dedo no es suave, —dijo en tono acusativo.

Levantó las manos como dándose por vencido—. Estas manos han trabajado mucho para estar suaves.

Ella volteó a mirar las viejas y maltratadas manos—. Lawrence, ¿me voy a volver café cuando crezca?

Lawrence rompió en una carcajada—. No. Señorita, usted no se pondrá café. —Le acarició la cabeza y luego dijo—. Será mejor que tengamos más luz si vamos a leer. —Corrió las cortinas y un rayo de sol cruzó la cama y subió por el muro del otro extremo—. Mejor empecemos. —Abrió el libro y empezó a leer el cuento, sosteniendo el libro con cuidado para que Andrea pudiera ver los dibujos. Ella se mostró cautivada por la historia y solamente lo interrumpió una vez: cuando cometió el crimen imperdonable de cambiar la página antes de que ella hubiera terminado de ver el dibujo. Cuando terminó, Andrea suspiró:

—El niño tenía lo que yo tuve. Escarlatina.

Lawrence sonrió—. Y usted mejoró igual que él.

—Me gustó el conejo. ¿La podemos leer otra vez?

—Le dije a su mamá que no me tardaría mucho. No quiero interrumpir su siesta. —La niña frunció el entrecejo—. Pero le dejaré el libro para que pueda admirar las ilustraciones.

Andrea sonrió y aceptó el ofrecimiento—. Me alegra que te hayas vuelto café, Lawrence.

El viejo hizo una mueca—. ¿Por qué, señorita?

—Porque así siempre te reconoceré. —Lawrence jaló la manta hasta los hombros de Andrea mientras ella se arrullaba contra su rodilla. Lawrence se inclinó, la besó en la frente, y cerró las cortinas y la habitación recuperó el silencio de una enfermería. Cuando se alejaba de la casa notó que alguien había quitado el letrero rojo del porche de enfrente.

❖

"Los episodios de la vida que traen más consecuencias generalmente empiezan con los eventos más simples."

DIARIO DE DAVID PARKIN. 15 DE OCTUBRE DE 1913.

Lawrence se dio cuenta del interés peculiar de las viudas por la muerte. El supo de la muerte de Maud Cannon a través de otra viuda, quien chismorreó acerca de la pequeña concurrencia que asistió al velorio de la señora Maud.

Pocos días más tarde alguien llamó a la puerta de Lawrence. Un hombre, vestido con traje café de rayas y un portafolios de piel estaba parado afuera de su cabaña. Era un hombre de tez pálida con el pelo grasoso peinado hacia atrás y el cutis lleno de cicatrices. Tenía un tic nervioso en el ojo izquierdo.

—¿El señor Flake?

—Sí, señor.

—¿El señor Lawrence Flake?

Lawrence asintió.

El hombre se quedó mirando al negro—. ¿Tiene documentos que lo identifiquen?

—Sé quien soy, —dijo Lawrence desafiante.

El abogado se acarició el mentón—. Sí. —Se sentó en su portafolio, buscó en su bolsillo y extrajo un pequeño paquete. Un joyero antiguo cubierto de ajado terciopelo bermellón. Le extendió la caja a Lawrence.

—¿Requiere repararse?

— No. Le pertenece a usted. Nuestro cliente, la finada Maud Cannon, especificó en su testamento que esto debería serle entregado.

—¿Usted es su sobrino?

—Yo soy el ejecutor del testamento, —replicó indignado—. Quería que usted conservara esta alhaja. Ahora, si firma por favor este documento, me iré.

Lawrence echó un vistazo al regalo. Tomó la pluma y firmó el documento, después de lo cual el hombre desapareció como había prometido. Lawrence entró, extrajo el reloj de su estuche y lo acercó a la luz, sonriendo ante la exquisita pieza de oro en forma de rosa—. Gracias, señora Maud, —dijo en voz alta. Volvió a depositar el reloj en su estuche y continuó leyendo el periódico.

◆

Al principio David pensó que el disparo era un estallido producido por su Pierce Arrow. Había terminado temprano de trabajar y como Lawrence recientemente había recibido mercancía a consignación, propiedad de un ex-magnate del acero conocido por sus excentricidades y fabulosas antigüedades. David pensó en detenerse para examinar las posesiones del ex-magnate.

Enfiló su coche al camino que corría por la pared este de ladrillo de la fábrica. Se estacionó bajo un gran anuncio pintado que exponía las virtudes del zapato negro Scoals. El coche tosió dos veces antes de descargar una explosión cuyo eco se esparció por el lote trasero, seguido de un débil lloriqueo. Sonó como si procediera de la cabaña de Lawrence.

Temeroso, David echó a correr por la parte de atrás del edificio. Se encontró con la puerta de la cabaña abierta de par en par. Entró con cautela. Sobre el piso de madera de tablón, yacía un hombre pequeño de barba rojiza, de espaldas a un charco de líquido oscuro. El olor a whisky predominaba sobre el hedor de la pólvora quemada.

Había un rifle Winchester sobre la mesa de madera. Lawrence estaba sentado en la esquina de la habitación, con los ojos mirando al vacío, como si estuviera esperando algo que no pudiera detener. Se lamentaba suavemente—. ¡Ay, Diosito! ¡Ay, Diosito!

—Lawrence, ¿qué ha pasado aquí?

Lawrence se quedó mirando de frente.

—¿Lawrence?

Lawrence poco a poco levantó la vista. Extendió su puño cerrado y lo abrió para dejar al descubierto el reloj de pulsera de oro en forma de rosa. El regalo de la viuda.

—Un extraño se metió en mi casa, gritándome que ningún negro le va a quitar su reloj. Me llamó ladrón, brujo del vudú. Me dijo que había embrujado a la viuda para que me lo diera.

David volteó a ver al muerto.

—Estaba totalmente borracho. Comenzó por mostrarme el arma. Le dije, llévate el reloj, nunca pedí que me lo dieran. Eso lo volvió loco. Dijo, "¿Crees que ese reloj te lo dieron a ti, negro asqueroso? ¿Crees que necesito que un negro asqueroso me diga lo que es mío?" Luego comenzó a llorar, y dijo que su tía quería más a un negro asqueroso que a su propia carne. Y entonces levantó el arma. Yo fui a la guerra. Conozco la mirada de un hombre dispuesto a matar.

Lawrence cerró la mano envolviendo al reloj. Tenía el rostro tenso, todavía con miedo, plegado con profundas arrugas—. No consiguió el reloj que quería.

Justo en ese momento hubo un agudo click metálico detrás de ellos, el accionar del percutor de una carabina. La puerta se abrió y un hombre delgado de mejillas rojas y abultadas, y ojos pequeños, entró al cuarto. Vestía uniforme de policía azul marino con botones dorados, un cuello negro de terciopelo y un sombrero en forma de campana con una diminuta franja de piel. Sostenía un rifle a la altura del pecho y sus ojos se movían nerviosamente de David a Lawrence y al hombre muerto.

—Párate, negro, —dijo nerviosamente.

Lawrence se recargó contra la pared. El oficial se arrodilló y sus dedos tocaron la garganta del hombre—. Everen, imbécil. Así que finalmente te dieron tu merecido, —dijo al cuerpo. Luego levantó la mirada.

—¿Quién mató a este hombre?

—Yo, dijo David.

El oficial retrocedió. Vio el arma de fuego sobre la mesa y preguntó—. ¿De quién es esa arma?

David hizo un gesto hacia el cuerpo inerte—. De él. Lo maté con su propia arma.

El oficial se dio cuenta del gesto de sorpresa dibujado en el rostro de Lawrence. Apuntó su rifle a David—. Usted venga conmigo.

—No va a necesitar el arma.

El alguacil se volteó hacia Lawrence y dijo—. Tú también vienes.

—El no tiene nada que ver en esto, —protestó David.

—¿Esta es tu casa, negro?

—Sí.

—¿Viste cuando le dispararon a ese hombre?

Lawrence miró a David con el rabillo del ojo—. Sí.

—Entonces tienes algo que ver en esto. Ven.

Una muchedumbre de curiosos se había congregado fuera de la cabaña, mientras los dos hombres eran conducidos a la carreta de policía tirada por caballos y eran llevados a la cárcel.

❖

El capitán de policía se quedó mirando a David por encima del escritorio atestado de papeles y una cena que consistía en pollo rostizado, frijoles negros y pastel de manzana Susan. Entonces sonrió—. Señor Parkin, siéntese por favor.

Le acercó una silla muy sencilla de madera—. Por favor.

La repentina muestra de cortesía le pareció muy peculiar a David y le hizo pensar que alguna autoridad superior había intercedido por él.

—¿Gusta algo? —dijo el policía apuntando a una bandeja—. ¿Papas Saratoga?

David miró la comida e hizo un movimiento de cabeza.

—Acabo de recibir una llamada de la oficina del alcalde, señor Parkin. El alcalde desea expresarle su personal preocupación por este asunto y espera que lo hayan tratado respetuosamente.

—No tengo por qué quejarme.

—Él personalmente responde por usted y desea que

lo mandemos a su casa. De acuerdo con el informe del oficial Brookes, y dada su reputación, no veo razón para retenerlo más tiempo.

David miró hacia la puerta—. Entonces, ¿quedo en libertad?

—Por supuesto. Sólo por curiosidad. ¿Conocía usted al hombre que asesinaron?

—No.

—Everen Hatt. Su presencia era común aquí. Todos lo conocían en este edificio, hasta el personal de limpieza lo reconocía. —Se inclinó recargándose sobre sus gruesas manos—. Este problema tiene que quedar muy claro, señor Parkin. Hatt era un alborotador y un borracho. Le dispararon en la residencia de otra persona. La única arma que se descargó fue la suya. Lo que no entiendo es por qué su declaración dice que usted le disparó.

—¿Por qué no?

Se reclinó de espaldas momentaneamente, limpiándose los dientes con el pulgar—. Hay testigos que dicen haberlo visto entrar a la choza después del disparo.

—Deben estar equivocados.

El capitán de policía lo miró incrédulo—. Sí... —Su expresión se tornó seria—. Permítame darle un consejo, señor Parkin. A pesar de sus influencias, hay asuntos muy serios. Un hombre fue asesinado. Habrá una investigación y, sin duda, una audiencia. —Empujó su silla hasta el escritorio nuevamente—. No sé que tiene que ver este negro con usted, pero espero en Dios no sea algo malo.

David ignoró la advertencia—. ¿Me puedo ir?

—Está usted en libertad de hacerlo. —El capitán hizo sonar una campana de cobre y el oficial volvió a aparecer en la puerta.

—Brookes, sé tan amable de acompañar al señor Parkin a su automóvil.

—¿Qué hay de mi amigo?, —preguntó David.

El capitán se frotó la nariz—. Y liberen al negro.

—Sí, señor.

—Y Brookes, cierra la puerta.

—Sí, señor.

Cuando la puerta se cerró, el capitán se inclinó ante una cena fría y maldijo la interferencia del alcalde en este asunto.

◆

MaryAnne apenas se enteró del arresto de David, se dispuso a ir a su encuentro, cuando él entró en la habitación.

—¡David! ¿Estás bien?

David la miró como ausente—. Estaré en mi estudio, —dijo, mientras se alejaba de ella. Catherine sonrió a MaryAnne con un gesto compasivo. MaryAnne la tomó de la mano—. Todo estará bien, —dijo.

Una hora después entró al estudio llevando un servicio de plata de té. Dos candelabros iluminaban la pared, invadiendo la oscuridad con una luz oscilante. Afuera se escuchaba el estrépito del canto de los grillos, haciendo síncopa con la armonía de las voces de los relojes de la habitación.

—Pensé que un té te caería bien. Y quizá también algo de compañía.

El levantó la mirada y sonrió—. Perdóname. No era mi intención ignorarte.

Ella le pasó una taza y luego dejó la charola sobre el buffet y se sentó en el sillón a su lado—. ¿Te encuentras bien?

—Sí, estoy bien.

Ella dudó, haciéndose de valor para preguntar—. David. ¿Por qué les dijiste que tú le habías disparado a ese hombre?

—¿No me crees capaz de hacerlo?

—No te creo capaz de matar a un hombre.

David miró al vacío. El cuarto se quedó en silencio y MaryAnne lo miró pensativa.

—Me pareció que Lawrence no podría tener un juicio justo.

—Mark me dijo que el oficial le había dicho que se trataba de un caso claro de defensa propia.

—Lawrence no tenía la menor idea de cómo defenderse. Si Lawrence fuera a juicio, ese caso claro se volvería muy lóbrego. —David frunció el ceño—. Aun cuando fuera exonerado, la familia del difunto lincharía a Lawrence sin enjuiciarlo, no porque fuera culpable, sino simplemente porque es negro. La única forma de proteger a Lawrence es mantenerlo fuera de esto.

—¿Y qué pasa si te quieren linchar a ti?

David se quedó pensando. No había considerado esa posibilidad—. Un hombre no puede vivir la vida calculando los resultados. Hice lo que tenía que hacer y espero que las consecuencias sean buenas.

—Eres un buen hombre, David. Voy a rezar para que Dios nos ayude en este asunto.

—No me inclino a pensar que Dios se fije en esas cosas.

MaryAnne le dio un sorbo a su té—. ¿Entonces crees

que es mera coincidencia que hubieras llegado cuando
lo hiciste?

A David le pareció interesante el cuestionamien-
to—. No lo he considerado. No sé, MaryAnne. Realmente no sé si Dios o el destino tiene que ver con estos
asuntos.

—Yo creo que existe una divinidad que vigila nuestros movimientos.

David contempló la afirmación—. Si eso es verdad,
entonces debes aceptar que ese Dios, o destino, también hostiga a nuestra especie con grandes calami-
dades.

—Se trata de nuestra cuota… —MaryAnne afirmó
solemnemente. Luego dejó su taza—. No puedo responder por todo el sufrimiento humano. Puedo
hablar de mi propia experiencia, pero he descubierto
que del dolor se aprende. De esa forma evolucionas
más.

David consideró el argumento—. Para convertirse…
—Se frotó la frente—. Creo que en la mayoría de los
casos ese tipo de enseñanza es demasiado difícil para
soportarla. —Miró a su esposa, luego sonrió rindién-
dose—. Me he vuelto una persona más seria desde que
me casé. Y quizá hasta fatalista. Si esa misma divinidad

de la que hablas te trajo a mí, cruzando el océano, debe ser bastante buena.

—O por lo menos tiene buen humor, —dijo ella, riéndose de improvisto. Lo besó en la mejilla y rió de nuevo.

David estaba reclinado en el lujoso sillón—. ¡Ah, MaryAnne, esa risa! ¡Cómo la necesitaba!

—Entonces la tendrás. —MaryAnne se abalanzó en sus brazos entre risas mientras David le cubría el rostro de besos.

◆

"Confieso que me cuesta trabajo tomar en serio este asunto, y si no fuera por la ansiedad de MaryAnne, quizá yo no me preocuparía por ello en absoluto."

DIARIO DE DAVID PARKIN. 22 DE NOVIEMBRE DE 1913.

David recibió la notificación del juicio dos semanas después de su arresto y tomó el asunto con tanta preocupación como si se tratara de una factura de carbón. El 3 de diciembre se había establecido como la fecha para el juicio, y aunque no era de gran interés para David, proporcionaba un vasto forraje para los tabloides locales, que vieron incrementada su circulación con encabeza-

dos sensacionalistas como: MILLONARIO LOCAL ES ACU-
SADO DE ASESINATO.

La ciudad se vio envuelta en el escándalo y en
ningún lugar con tanta intensidad como en el bar que
Everen Hatt frecuentaba con su compinche y mentor,
Cal Barker.

No se podía culpar a Barker de las tendencias de Everen Hatt. Hatt era un perdedor en ciernes cuando
conoció al hombre, un año después de la muerte de los
padres de Hatt, cuando cayó bajo la protección de su
única pariente con vida, la rica viuda Maud Cannon. La
viuda se dio cuenta con gran desasosiego de la superfi-
cialidad del carácter de su sobrino, y, con determinación cristiana, decidió reformar al muchacho, lo que
produjo disputas que se incrementaron día con día en
frecuencia y rencor. Pasaron meses antes de que la
viuda se percatara de la depravación de su sobrino. Inmediatamente se aprovechó de ella sin el más ligero indicio de gratitud u obligación, y cuando finalmente ella
se rehusó a continuar financiando su incesante alco-
holismo, objetos de valor comenzaron a desaparecer de
la casa. Ella le echó en cara las pérdidas, a lo que él respondió con tal violencia que ella temió por su seguri-
dad y nunca mencionó el asunto de nuevo, escon-

diendo en silencio las piezas que tenían un valor senti-
mental, de manera que algunos años después, cuando él
mendigaba un estipendio considerable bajo promesa de
dejarla en paz para siempre, ella le dio el dinero y consideró que el precio que había pagado por deshacerse
de él había sido pequeño. No es de sorprenderse que él
no cumpliera con el arreglo y volviera a molestarla por
lo menos dos veces por año, para obtener subsidios adi-
cionales.

Así fue durante casi una década. Hatt disfrutaba de la
atmósfera de una celebridad entre sus amigos, como
pariente de ricos, con alguna concesión ocasional para
probarlo. Como único pariente de la viuda, él y Barker,
erróneamente supusieron que Hatt se convertiría en el
único heredero de su fortuna y fantaseaban acerca del
día en que muriera la vieja dama y ellos disfrutaran un
estilo de vida maravilloso lleno de gratificaciones ilimi-
tadas. Estas fantasías satisfacieron brevemente a los
hombres pero al final los dejaron hambrientos, atasca-
dos en la realidad de su situación presente.

Al observar la longevidad de la mujer, la impaciencia
de Barker aumentaba considerablemente, y hasta ofreció apresurar la llegada de ese feliz día ayudándole a la
viuda a emprender su camino. A nadie le sorprendería

que Barker hiciera tal cosa. Cal Barker vivía una vida de oscuridad. Como minero, pasó sus días en las entrañas de la tierra y las noches en las áreas más oscuras de la superficie.

Era casado, aunque había muy poca evidencia de su estado marital, y regresaba a casa casi siempre a tomar por la fuerza a su esposa, una mujer de rostro ordinario que temía al hombrón y tácitamente aceptaba el abuso y el abandono. Había procreado cuatro niños a los que ella sostenía alquilándose como empleada doméstica y ocasionalmente de los despojos que Barker le dejaba después de que las apuestas y el alcohol le habían consumido lo suficiente.

La vida oscura de Barker se extendía más allá de la localidad. Existía para perseguir los deseos más bajos, y descubría que los placeres disminuían con indulgencia y se volvían más difíciles de obtener. Y como sucede con todos aquéllos que persiguen lo imposible, se volvía ruine con la edad. Lo suficiente para matar a una viuda.

Hatt, por otro lado, aunque libre de depravaciones morales, temía la posibilidad de una trampa. —Ya es una vieja bolsa de huesos—, dijo a Barker. Difícilmente vivirá otro año. Deja que Dios se encargue del trabajo sucio.

◆

El día que murió la viuda, Hatt invitó dos rondas, lo que acabó con el dinero que le quedaba, seguida por otra ronda a expensas de Barker que estaba seguro de compartir la buena fortuna de Hatt. No fue coincidencia que su nómina de amigos aumentara considerablemente ese día, y Hatt, que nunca antes había gozado de tal eminencia, fue lo suficientemente estúpido como para creerse esa nueva popularidad encontrada.

Seis días más tarde, en la lectura del último deseo y testamento de la viuda, —a la que para fortuna de todos los presentes, Hatt no acudió armado a la oficina del abogado, porque de lo contrario hubiera matado a todos—, decidió encañonarse él mismo.

Una vez que habían asimilado la sacudida inicial causada por la lectura del testamento, los detalles del mismo se volvieron gran motivo de preocupación para los hombres. Se encontraron con que el grueso de la riqueza había sido donada a la iglesia, una entidad sin rostro de la cual obtenían como única retribución profanar a Dios, algo que ellos hacía mucho tiempo habían perfeccionado. Luego, una semana más tarde, Wallace Schoefield, uno de los mejores lectores del grupo, reparó en un individuo que había recibido un único regalo. Un reloj de oro había sido otorgado a un hombre que respondía al nombre de Lawrence Flake. Después de algunas pesquisas descubrieron que el hombre era negro, una revelación que solamente se añadía a su cólera.

Con este razonamiento equivocado sobre lo injusto (todo aquello que no incurría en su beneficio era injusto por añadidura) los hombres decidieron que el reloj era genuinamente suyo y que deberían obtenerlo a cualquier costo.

Las motivaciones de Hatt eran mayores. Él era, como pensaba la viuda con certeza, incapaz de sentirse complacido con cualquier cosa que realmente valiera la pena en la vida, y, con la frustración de su propio carácter, detestaba a todos aquéllos que sí podían. Era esto lo que Hatt tenía en mente al ir tras ese delicado reloj de oro de pulsera, cuando en realidad lo que realmente quería era matar al hombre al que se lo habían heredado.

◆

El juicio empezó justo a las nueve de la mañana, presidido por el honorable William G. Halloran, un hombre de edad al que difícilmente se le veía fuera del tribunal.

Vestía con austeridad y percibía la justicia y el guarda-rropa con el mismo fervor idiosincrático.

Dado el sensacionalismo que había causado el juicio, la galería estaba llena hasta el límite de su capacidad y los espectadores estaban de pie recargados contra la pared y las puertas de acceso. La prensa estaba bien representada y había logrado asegurar los mejores asientos cercanos al frente de la sala de tribunales, o contra la pared cerca del mostrador de roble del jurado, donde se colgaban los sombreros en fila.

Los doce hombres del jurado pusieron cara de piedra durante todo el proceso, escuchando los argumentos con toda propiedad. Para las seis de la tarde todo había terminado. El jurado encontró culpable a Hatt por una-nimidad, por haber allanado, con la intención de matar y David, un ciudadano modelo, había actuado en de-fensa propia.

A pesar de que los tabloides prometían un buen show, hacia el final del juicio, pocos eran los sorprendi-dos al darse lectura al veredicto, y lo único emocio-nante del día sucedió cuando uno de los jurados, dirigiéndose a una escupidera, arañó a un guardia sin quererlo, quien reaccionó blandiendo una porra sobre el hombre.

Al final de la lectura del veredicto, el juez agradeció al jurado por sus servicios y les pidió que abandonaran el recinto, en tanto que MaryAnne dio un gran suspiro de alivio y abrazó a Catherine que se sentó a su lado en la galería. Los cuatro miembros adultos de la mansión Parkin se reunieron afuera de la corte y parecían excepcionalmente reconfortados excepto por David que nunca compartió su ansiedad.

—Esperaba un poco más de acción.

—No puedo decir que yo esté desilusionada, —dijo MaryAnne. Simplemente estoy feliz de que esto haya terminado.

—Yo estoy feliz de no haber perdido todo el día, —replicó David, sacando un reloj del bolsillo de su chaleco—. Tengo una reunión con Gibbs. Mark, ve que las damas lleguen a casa, yo caminaré a la oficina.

—¿Tengo que regresar por usted más tarde?

—Gibbs me llevará a casa.

—Apresúrate para llegar a casa, —le urgió MaryAnne.

—Siempre, mi amor.

David la besó un par de veces, luego besó a Andrea, y partieron en grupo. El entró al estrecho callejón junto al edificio de la corte y se apresuró a llegar a la oficina.

A medida que se aproximaba al final del pasaje, se dio cuenta que tres hombres le cerraban el paso. David reconoció a uno de ellos, porque lo había visto en la corte.

—Con permiso, —dijo, como lo esperaba, recibió poca atención por parte de los hombres.

El más grande de ellos, Cal Barker, dio un paso adelante y le cruzó el rostro con un golpe, tirándolo hacia atrás. David se sobó la mejilla, al retirarse la mano del rostro, notó que había sangre en sus dedos. De nuevo, Barker se lanzó hacia adelante. Esta vez sujetó a David de la chaqueta y lo restregó contra el ladrillo amarillo del edificio más cercano. El aliento le apestaba a whisky barato.

—Dicen que no tuviste nada que ver con el asesinato de Hatt, que el negro fue quien lo mató.

David no dijo nada.

—Un blanco encubriendo a un negro. ¿Qué pasa contigo?

David guardó silencio, mirando a Barker sin inmutarse. El rostro del hombre enrojeció.

—¡Tú rico apestoso!, piensas que puedes comprarlo todo. Bueno, no puedes comprar a la justicia. Nosotros te daremos lo que es justo.

El semblante de David no mostraba signos de intimidación, lo que únicamente provocó más a Barker—. ¡¿Qué te pasa animal?! ¿No te das cuenta de que te puedo matar ahora mismo?

Confundiendo el control con la cobardía, Barker se dispuso a golpear a David de nuevo, quien rápidamente dio un giro, estampando su puño contra el puente de la nariz de Barker, que se golpeó contra la pared contraria. Barker dejó escapar un pequeño lamento y luego se desplomó en el suelo. Los hombres que quedaban de pie caminaron hacia David. Él con gran rapidez les mostró un pequeño revolver de diez tiros color negro que sacó del pecho y lo apuntó a Barker.

—¡Atrás! Y tú quédate sentado o morirás como Hatt.

Barker hizo que los hombres se detuvieran con la vista y retrocedieran. Barker limpió un delgado hilo de sangre que manaba de su nariz.

—No eres el asno que pareces. —Miró a los dos hombres, mientras continuaba apuntando con el arma a la cabeza de Barker.

—A un lado.

Los hombres retrocedieron hacia la pared. Mientras David se escapaba, Barker escupía sangre en la tierra y lo miraba amenazadoramente—. Se hará justicia, Parker. Tendremos justicia.

—¿Parker? Es Parkin, estúpido.

◆

Gibbs giró el cerrojo de la puerta y dejó entrar a David, luego la aseguró nuevamente. Se dio cuenta de la sangre que había en las manos y el mentón de David.

—¿Qué pasó?

—Los amigos de Hatt.

Sin explicación alguna, David subió a su oficina seguido de Gibbs. Dejó un candelabro sobre el escritorio, y luego se reclinó en el sillón sobándose el puño. Gibbs se sentó en una silla frente a él.

—¿Qué vas a hacer ahora?

—¿De qué?

—Sobre estos rufianes.

David se encogió de hombros. —Nada. Está hecho.

Gibbs se inclinó hacia el escritorio—. David, escúchame. Se habla mucho de esos hombres. Esto no se va a quedar así. Ellos significan problemas.

David se quedó mirando en silencio cómo se quemaba la vela que estaba sobre la mesa. Una gota de cera cayó hacia la base. Volvió la mirada lentamente—. ¿Qué quieres que haga? Ya terminó el juicio.

—Arrepiéntete. Entrega a Lawrence a la ley. Deja que lo enjuicien.

—David lo miró fijamente—. ¿Qué clase de juicio?

—¡Y qué importa eso! ¡Si lo cuelgan, lo cuelgan! ¡Se trata de un viejo, un pobre viejo! No tiene nada. David, tú tienes toda la vida por delante.

—¿Qué tipo de vida podría tener sabiendo que traicioné a un amigo?

—¿Traicionar? —Sus ojos hicieron un gesto de incredulidad—. El se metió solo en este asunto, ¡no fuiste tú! ¡David, es un negro!

David lo miró con tristeza, luego se llevó las manos a la cabeza. Se sentía fatigado—. Por favor, déjame solo.

Gibbs suspiró poniéndose de pie de mala gana—. Hemos pasado juntos por muchas cosas y siempre pareces salir bien de todo, pero tengo un mal presentimiento sobre esto. Coincido en que tu manera de actuar es noble como ninguna, pero su costo es demasiado elevado.

David movió la cabeza—. No, Gibbs. Sólo el precio por no hacer nada es siempre mucho mayor.

◆

"Todo es cenizas."

DIARIO DE DAVID PARKIN. 4 DE DICIEMBRE DE 1913.

A los cinco maleantes les fue muy fácil entrar en la choza de Lawrence. La estructura había sido construida por la fábrica de conservas como un almacén menor, de manera que no se podía cerrar por dentro, sino únicamente por el exterior, con un cerrojo de acero oxidado que alguna vez corrió en forma horizontal por la parte externa de la puerta. Lawrence había quitado el cerrojo el verano anterior, luego de que unos adolescentes, le hicieron una travesura y lo dejaron encerrado en su propia casa. Nunca había previsto cambiar la cerradura al interior, pensando para sí—, ¿Quién robaría una choza?

Los hombres entraron atropellándose, entre gruñidos sin sentido y tonos guturales, borrachos de whisky y odio. Revolotearon sobre el hombre dormido lo suficiente como para organizar su asalto. A Lawrence lo despertó la cacha de un rifle que se le estampó sobre el rostro. Asustado y con la vista nublada alcanzó a ver los rostros enmascarados de los hombres que estaban de pie ante él, mientras otro hombre lo golpeaba nuevamente en el rostro con un frasco de metal, y luego caía sobre él golpeándolo salvajemente. Con un poderoso golpe, Lawrence dejó al tipo tendido de espaldas sobre una pila de relojes. En un instante los tres restantes se arrojaron sobre él, golpeándolo con el puño y dejándole el rostro como una máscara ensangrentada. Uno de ellos brúscamente intentó meterle una botella de vidrio en la boca, cortándole el labio y rompiéndole el diente frontal, pero se le cayó de las manos al piso y se le perdió en la oscuridad, tras lo cual se escuchó una maldición.

Lawrence logró zafarse una mano y así conectar un golpe mandando a uno de ellos al suelo, quien se tropezó estrepitosamente en la oscuridad. Su mente daba vueltas confusa. No sabía quién lo atacaba, ni que es lo que había hecho para provocar tal asalto.

Mientras luchaba por incorporarse, el mango de un hacha le cayó sobre la nuca derribándolo del catre al suelo, en estado inconsciente. Los hombres, dejándose llevar por una violencia cada vez más sádica, le quitaron las ropas, lo arrastraron hacia fuera y lo ataron a un árbol donde le pegaron y lo patearon hasta que lo creyeron muerto.

❖

El fuego se esparcía velozmente por el porche de atrás, subiendo hacia el segundo nivel, devorando ferozmente todo a su paso. MaryAnne se despertó por el aullido de un perro y pensó que había algo particular en la luz que emanaba a través de la ventana. En eso se escuchó un fuerte sonido, como cuando un leño se parte en la hoguera. Se levantó de golpe al ver una estela de humo que salía debajo de la puerta del dormitorio—. ¡David! ¡Nuestra casa se quema!

David saltó de la cama horrorizándose—. ¡Andrea! ¡Dios mío!

David golpeó la puerta y la abrió. Una masa de humo negro se metió al dormitorio. El extremo del corredor estaba completamente envuelto en llamas y detrás de la pared de fuego, llegó un horrible sonido. El llanto de Andrea.

MaryAnne gritó—. ¡Andrea!

—¡Mamá! Andrea apenas se dibujaba detrás de las llamas.

David corrió hacia la cama y se enrolló con una colcha metiéndose en el infierno que rodeaba al cuarto de Andrea, sólo para ser repelido por una ola intensa de calor. Gritó frustrado. Las llamas golpeaban con furia ahogando los gritos de auxilio de Andrea. En ese momento se oyó el grito de otro hombre—. ¡David! —Mark subía las escaleras— ¡David!

—¡Andrea está en su cuarto! ¡Llama a los bomberos!

—Catherine ya hizo sonar la alarma.

—Llévate a MaryAnne afuera. Yo subiré por la escalera de atrás hasta llegar a Andrea. ¡Ve!

Afuera, la sirena neumática de un camión de bomberos anunciaba su llegada, al tiempo que entraba al patio. Un segundo carro, un enorme contenedor en forma de campana, tirado por caballos, entraba al patio estacionándose detrás del primero. El equipo se puso en acción inmediatamente. Dos hombres empezaron a operar una bomba provista de ganchos, mientras una docena de ellos, portando cubos de piel contra incendios, entraban en la casa, desparramando agua por el recibidor.

En el patio contiguo, Mark conducía a MaryAnne lejos de su casa. Ella sollozaba y se oprimía las manos violentamente, cada segundo era más largo que el siguiente. ¿Dónde estaba David? De repente, salió de la puerta de enfrente tosiendo violentamente, su rostro estaba empapado y enegrecido por el humo y el hollín. Llevaba en sus brazos a la pequeña inmóvil.

CAPÍTULO NUEVE

La Liberación

"No sé qué es lo que me motiva a escribir en estos momentos, tal vez es el impulso de aquéllos que caen en un torrente buscando suelo firme, o el de quienes se ven atrapados en las tempestades de la vida buscando lo que les es familiar y lo mundano."

DIARIO DE DAVID PARKIN. 4 DE DICIEMBRE DE 1913.

racias a los esfuerzos heróicos de los bomberos el fuego quedó aislado en la parte este de la casa y la fachada, aunque la humareda inundó toda la casa. La mansión propiamente dicha escapó a un deterioro estructural de consideración, pero el daño inflingido a sus ocupantes fue de mayores consecuencias.

Al caer la noche el salón se encontraba iluminada con la luz amarillenta de las lámparas de querosén. A esta hora Catherine acostumbraba extinguir los pabilos y asegurar la planta baja. Esa noche, sin embargo, había gente en la casa. El oficial de policía se levantó cuando David entró en la habitación.

—Señor Parkin, soy el oficial Brookes. Tal vez me recuerde del otro día.

David habitualmente hacía una inclinación de cabeza.

—¿Cómo está su hija? —preguntó con discreción.

—Sus quemaduras son graves, —contestó David. Sus ojos mostraban las emociones que experimentaba internamente.

—Lo siento mucho. Tengo una pequeña en casa apenas un poco más grande que la suya. —El policía se detuvo, después continuó—. Creemos que alguien inició el fuego deliberadamente.

David no dijo nada. En ese momento entró Catherine. Caminó hacia David y le susurró algo al oído. David se volvió hacia ella, como anticipando algún cambio en la condición de Andrea.

Catherine leyó sus intenciones—. No hay cambio, señor.

—Me necesitan arriba, —dijo David—. El doctor…

Brookes frunció el ceño—. Siento mucho molestarlo

y me iré pronto, pero por favor, permítame hacerle sólo un par de preguntas.

David miró al oficial con impaciencia.

—Sé que ayer usted fue amenazado por un hombre llamado Cal Barker.

—No sé cómo se llama ese hombre.

—Ayer se me informó sobre la confrontación que usted tuvo con él en el callejón, pero llegué demasiado tarde. Encontré a Barker en un bar y lo interrogué. Tenía la nariz rota y deliraba como un loco, pero negó el incidente. ¿Qué es lo que le dijo?

David exhaló—. Dijo algo sobre hacerse justicia por su propia mano.

El oficial movió la cabeza—. Barker era amigo de Everen Hatt. Voy a arrestarlo esta tarde. Lo mantendré informado. —Se puso de pie para irse—. Siento muchísimo interrumpirlo a esta hora, pero el tiempo es esencial. Que Dios bendiga a su pequeña.

David miró a Catherine que aguardaba ansiosamente.

—Lo acompañaré a la puerta, oficial Brookes, —dijo Catherine.

—Es usted muy amable.

David apenas murmuró un gracias y subió las escaleras hasta el salón donde atendían a Andrea. El Dr. Bouk esperaba afuera de la puerta, con un semblante que reflejaba preocupación y fatiga.

—Todavía no reacciona, —dijo francamente, como contestando a una interrogante muda—. Si pensara que hubiera posibilidades de que sobreviviera el traslado, la transportaría al hospital. —Respiró profundamente y miró a los ojos de David—. No hay posibilidades de que la niña viva.

David desvió la mirada del doctor a la hendedura en la puerta del salón donde MaryAnne se encontraba de rodillas a un lado de la cama de Andrea. Eran la misma cama y habitación donde ella había dado a luz a Andrea hacía tres años y medio. El instante pareció congelarse, apenas interrumpido por el sonido suave de la manecilla de un reloj. David miró nuevamente al doctor. Sus ojos suplicaban algún consuelo—. ¿Hay algo que pueda hacerse?

El doctor arqueó las cejas, negando apenas con la cabeza—. Las quemaduras son muy severas. Las heridas la hacen padecer una fiebre muy alta. —Luego se quitó los lentes y se frotó el puente de la nariz—. Lo siento mucho, David. Me gustaría darte esperanza. Si ella estuviera consciente sufriría un dolor insoportable.

—Guardó los lentes en el bolsillo de su camisa y se desabrochó la bata—. Francamente no me explico qué es lo que la mantiene con vida.

David miró de nuevo a MaryAnne quien estaba inclinada fervientemente sobre la cama, con la mejilla apoyada sobre el colchón de plumas y la frente tocando el torso inmóvil de Andrea.

—Yo sé qué la mantiene viva, —dijo suavemente.

El doctor volvió a fruncir el ceño y se despojó de su indumentaria—. Si hubiera algo más que pudiera hacer. —Movió la cabeza sin esperanza—. Lo siento, David.

David bajó la vista y guardó silencio mientras el doctor se fue. Instantes más tarde, tomó aliento, cogió la manija y empujó la puerta con suavidad, lo suficiente para entrar. MaryAnne no volvió la vista, ni siquiera se dio cuenta de quién había entrado.

En el extremo de la habitación el andar mecánico del Reloj del Abuelo de MaryAnne perturbaba el silencio, su martillo se puso en posición anunciando el cuarto de hora. David caminó hacia la cama y se arrodilló detrás de MaryAnne, envolviéndole el pecho con los brazos. Luego recargó la cabeza en su espalda.

—MaryAnne, —murmuró.

Ella no respondió. Al extremo del salón, el reloj movía hacia adelante su brazo serpentino para avanzar otro minuto.

—MaryAnne…

—No, David, —Su voz sonaba áspera—. Por favor…

Con los ojos húmedos, le dijo—. Tienes que dejarla ir, Mary.

MaryAnne apretó los ojos y tragó saliva. Unicamente el sonido del péndulo oscilando desgarraba el silencio.

—Es mi nena, David.

—Andrea siempre será tu nena, mi amor, —respiró profundamente. —Siempre será nuestro bebé.

MaryAnne enderezó la cabeza y contempló a su hija. El cabello rubio de Andrea se esparcía sobre la almohada, con la raíz húmeda, producto de la fiebre.

Con el dorso de la mano MaryAnne acarició la rosada mejilla de Andrea. Le tomó una mano y se la llevó al pecho, luego ocultó el rostro en la cama y sollozó.

David le retiró las manos del pecho y las llevó a los hombros. La manecilla grande del reloj avanzó tres marcas más.

MaryAnne elevó la cabeza y miró fijamente a Andrea, como memorizando los razgos delicados del rostro infantil, el dulce contorno de sus mejillas sonrosadas, y el delicado ángulo de su barbilla. El reloj dió las once y el martillo se levantó y golpeó durante toda una eternidad, desmembrando ese instante en segmentos agonizantes, como si retara a esa frágil vida a sobrevivir el día.

—Deténlo, David, deténlo.

David se irguió y caminó hacia el reloj. Abrió la caja, cogió el péndulo de bronce con la mano, y este cesó de moverse, luego regresó al lado de su esposa, mientras se desvanecía el eco metálico del sonido, dejando la sala en una soledad subterránea.

MaryAnne entonces se inclinó acercándose al oído de Andrea—. No te puedo detener más tiempo mi amor. —Tragó saliva—. Te voy a extrañar. —Hizo una pausa, para limpiarse las lágrimas que rodaban por sus mejillas, las cuales eran reemplazadas rápidamente—. Recuérdame, mi amor. Acuérdate de mi amor. —Puso una mano en ese rostro de terciopelo y escondió la cabeza en la cama—. Yo recordaré por ambas.

David presionó la piel húmeda de su mejilla contra la de MaryAnne. Ella tragó saliva, y frotó su nariz contra la mejilla tersa y caliente, y con los labios temblando, la dejó ir.

—Ve a casa, mi pequeño ángel.

Como si se tratara de una órden, Andrea repentinamente abrió los ojos, y miró a su madre sin mostrar signos de dolor o esperanza, pero como quien al caer de un risco enfoca la mirada en la cúspide que deja atrás. Su pequeño pecho se levantó y sus labios apenas se abrieron para tomar aire, luchando contra alguna invisible resistencia. Después, con un movimiento repentino, sus ojos se movieron hacia arriba, y su pequeño cuerpo expulsó el último aliento, y luego nada.

Por un momento todo se quedó en silencio. Como si la naturaleza se hubiese detenido para reconocer especialmente la caída de un gorrión, hasta que el silencio fue roto por un simple, sollozo, luego otro, luego un torrente incontenible que fluía de MaryAnne convulsionando su cuerpo. David tapó el rostro de Andrea con la colcha y atrajo hacia su pecho la cabeza de MaryAnne. Estaba inconsolable.

CAPÍTULO DIEZ

El Luto de Invierno

"Cuan rápido se desenreda la madeja de nuestras vidas. Juntos tejemos tapices que nos cobijan de nuestras falsas creencias y conjeturas, los que al final se vuelven retazos bajo las malévolas tenazas de la realidad.

"La desgracia es una maestra implacable."

DIARIO DE DAVID PARKIN. 7 DE DICIEMBRE DE 1913.

uando el corazón de MaryAnne despertó de la idea esperanzadora de que lo que había pasado en los días anteriores era solamente una pesadilla, el primer momento de aceptación fue embargado por el horrible y sofocante recuerdo de la realidad. MaryAnne cerró los ojos en tanto el peso abrumador de la pérdida le contraía el pecho con un dolor agónico—. No, —jimió.

David le tomó la mano—. MaryAnne.

—Quiero a mi bebé. ¡¿Dónde está mi bebé?!

—MaryAnne.

Ella miró a David a través de sus ojos hinchados—. No, —se quejó—. ¿Dónde está?

—Se fue, mi amor.

—Haz que vuelva, David. ¿Puedes hacer que vuelva?

David dejó caer la cabeza avergonzado, pero no se permitió el llanto—. No, Mary. Ni siquiera pude lograr que estuviera a salvo aquí.

"En hebreo, «Mary» significa «amargo»."
DIARIO DE DAVID PARKIN. 8 DE DICIEMBRE DE 1913.

La carrosa del cementerio llegó para recoger el pequeño ataúd rumbo a la loma, a pesar de que el cofre era pequeño, y un sólo hombre hubiera podido llevarla, y dos todavía con más facilidad.

El sol de mediodía se ocultaba entre una larga franja de nubes, mientras un grupo melancólico de más de cien asistentes se acomodaba alrededor de la pequeña fosa, pisoteando la nieve hasta convertirla en un montón de lodo.

Los saludos joviales de amigos que no se habían visto desde hacía tiempo y que usualmente enmarcan tales reuniones, fueron reemplazados por simples miradas y gestos de reconocimiento. Muchos de los presentes eran empleados de la compañía de David, cuyas puertas habían cerrado ese día. Quienes guardaban luto, aparentemente confundidos por la etiqueta a seguir en tal ocasión, no estaban seguros de cómo vestir, algunos llegaron vestidos de negro y otros de riguroso blanco.

Comenzó a caer una lluvia fina, llovizna al principio, que se convirtió en aguacero torrencial poco antes de la ceremonia. Pocos de los dolientes llevaban sombrillas o parasoles puesto que la lluvia en Utah era muy rara en diciembre. David y MaryAnne no se protegieron, ajenos a la tempestad. Mark levantó su sacó para cubrir a MaryAnne y lo conservó así hasta que terminó el servicio.

A la cabeza de ese pequeño pedazo de tierra estaba el mismo padre de pelo plateado que había presidido la boda de MaryAnne y David hacía cuatro años, pero sus ojos no proyectaban el recuerdo de aquel día felíz. Un hombre mayor sostenía un paraguas sobre su cabeza, tratando de proteger al clérigo de la lluvia. El tomó un libro blanco en sus manos y la congregación se inclinó. El aliento se le congelaba.

"Oh Santo Padre, cuyo hijo bendito, en su amor por los niños dijo: vengan a mí los niños que sufren y no los abandones: Os damos las gracias por esta prueba piadosa de vuestro amor, porque creemos que vos habríais tomado con gusto el alma de esta, vuestra hija: Abrid nuestros ojos, os suplicamos, permite que podamos entender que esta niña repoza en los brazos infinitos de vuestro amor infinito, y que vuestra voluntad descarge en ella las bendiciones de vuestro favor lleno de gracia: Amén."

Cuando el sacerdote hubo terminado MaryAnne dio un paso al frente y depositó una sola flor blanca en el ataúd de Andrea, mientras David la sostenía de los hombros. Ella se estremecía conforme la pequeña caja de madera lentamente se deslizaba dentro de la cavidad de la tierra. Hubo un breve momento de silencio antes de que el sacerdote diera por terminados los oficios y David ayudó a su esposa a incorporarse. Con abrazos mudos, la muchedumbre lúgubremente formada, pasó a darle el pésame a David y MaryAnne, para luego regresar al olvidadizo santuario de sus propias casas.

❖

El oficial Brookes irrumpió sin prisa en el bar, observado por las miradas frías de disgusto que los propietarios reservaban para los representantes de la ley y los cobradores. Brookes era bien conocido en la taverna, y aunque no era muy alto, se había gando una reputación por su rapidez con el arma y su temperamento.

—¿Dónde está Cal Barker? —gritó en la barra. El lugar se quedó en silencio pero no hubo quien ofreciera información sobre el paradero del hombre. El oficial se dirigió a un individuo desaliñado que mimaba a una botella grande color café: Wallace Schoefield. El hombre dirigió una mirada desdeñoza a Brookes. Tenía los dientes manchados por el tabaco y le habían roto uno de los de enfrente en una riña de cantina.

—¿En dónde está Barker, Wallace?

El tipo miró de reojo al oficial y le volvió la espalda, golpeando con los dedos sobre la barra de madera. De improviso se escucharon pasos detrás de él. Brookes se dio la vuelta.

—¿Me buscaba? —preguntó Barker fríamente.

—Estás arrestado, Cal.

—¿Por qué?

—Ya sabes porqué.

—Yo no sé nada. —Los labios delgados del maleante hicieron una mueca de confianza—. Estoy en mi derecho, ¿no es así? Quiero saber qué es lo que se supone que hice para que me arresten.

—Quedas arrestado por incendio premeditado. Y el asesinato de una niña.

Brookes se dio cuenta de la sorpresa que se dibujó en la cara de Wallace.

—¿Qué niña? —preguntó Wallace.

Barker dio un paso frente a Wallace.

—El fuego que iniciaron en la propiedad Parkin atrapó a su hija de tres años, —contestó Brookes maliciosamente—. Está muerta.

Wallace volteó a ver a Barker, quien a su vez lo miró también, y luego al oficial.

—Usted no puede venir aquí a hacer acusaciones si no tiene pruebas. No hemos hecho nada. No sabemos de qué habla.

—Quedas arrestado, —repitió Brookes impasible.

Brookes levantó su arma a la altura del mentón de Barker, sus ojos echaban chispas de odio—. Así es, dame una motivo Barker. De todas maneras siempre he querido matarte.

Barker miró los ojos llenos de furia del oficial, escupió, y luego salió de la taverna delante de él.

◆

"Existe un refrán mal interpretado, «la miseria ama la compañía». Para algunos implica que el miserable busca hacer a otros tan miserables como él. Pero ese no es el sentido, más bien existe universalidad en el dolor, una familia que sufre se une con otros para librarse del abismo de la desesperación…

"… Alguna vez escuché en un sermón que el dolor es el precio de la salvación. Si esto es cierto nosotros ya compramos el cielo."

DIARIO DE DAVID PARKIN. 17 DE DICIEMBRE DE 1913.

Oscuros nubarrones se extendían muy bajos a lo largo del horizonte, dibujando una manta triste y gris. Las ramas desnudas de los árboles, en la parte posterior de la propiedad, colmadas de nieve, inclinaban su follaje desordenado enmarcando el estéril paisaje de invierno. Aun los sentinelas siempreverdes parecían proyectar una sombra incolora con un matiz opaco.

El techo del balcón permanecía oculto, bajo una gruesa capa de nieve y los tallos muertos de los rosales se entremezclaban con la celosía de la estructura, helados y forrados de hielo. MaryAnne abrigada con un grueso chal de algodón negro, estaba sentada inmóvil sobre el columpio, tan tiezo como los canelones colgantes que la circundaban.

Catherine se embozó en un chal de gruesa lana y siguió a MaryAnne hasta el balcón. Se sacudió la nieve de las botas puntiagudas de piel que llevaba amarradas a media pierna y se sentó junto a MaryAnne en la banca, respirando el aire glacial que le helaba los orificios nasales y el aliento. Las dos mujeres se sentaron un buen rato en silencio. Finalmente Catherine alzó la vista.

—¿Estás bien cobijada, MaryAnne?

MaryAnne desvió la mirada y asintió. Catherine miró hacia el horizonte infinito de nieve, aspiró, y se frotó la nariz—. He tratado de pensar qué podría decir para consolarte, —dijo. Su voz estaba debilitada por la emoción—. Me parece demasiado pretensioso querer utilizar palabras. —Luego guardó silencio de nuevo.

Una urraca solitaria se posó sobre el reloj solar cubierto con un montón de nieve, lloriqueando en el aire gris de invierno, y luego voló de regreso a sus fríos dominios.

Los ojos de MaryAnne miraban el vacío.

—Yo también he estado haciendo lo mismo, —dijo suavemente—. Me he intentado convencer de que ella vivirá en mi memoria. Esto me debería confortar. —Se limpió los ojos enrojecidos con la manga—. No debería decir «vivir». «Embalsamar» es una mejor palabra. Cada recuerdo embalsamado y vestido con ropas de luto, con una lápida que marca el tiempo y el lugar, es como un recordatorio de que jamás volveré a ver a mi Andrea.

Catherine no dijo nada pero la miró sombríamente, sus ojos se humedecieron por el dolor de su amiga.

—Hay cosas de mi dolor que no comprendo, Catherine. Si tuviera que escoger entre haber conocido a Andrea, aunque fuera por unos instantes, o no haberla conocido nunca, habría elegido lo primero y me habría considerado afortunada. Es lo inesperado lo que me atormenta.

Catherine jaló su manta para cubrirse el mentón— ¿Cómo está David?

MaryAnne tragó saliva. —No sé como se siente, no dice nada. Pero veo ese gris en sus ojos y me asusto. Es un gris de odio, no de aflicción. —Ella movió la cabeza—. No fue solamente la vida de Andrea lo que nos arrebataron.

Hubo un momento de silencio y luego MaryAnne estalló en sollozos.

—¡Escúchame, Catherine! ¡Nuestras vidas! ¡Mis recuerdos! ¡Mi dolor! ¡Hay tanto egoísmo en esto! ¡Uno
bien podría pensar que soy yo la que murió! ¿Acaso
me consume tanto mi propia agonía que ni siquiera
me doy cuenta si sufro por lo que ella perdió…?
—Guardó silencio, la boca le temblaba más allá de lo
que podía controlar imposibilitándola para hablar, se
llevó una mano al rostro—, …o ¿sólo lloro por lo que
yo perdí?

Catherine apretó los ojos con fuerza.

—Soy una tonta miserable. Tan egoísta, tan digna de
compasión…

Catherine tomó de los hombros a MaryAnne y la
atrajo hacia sus brazos. Las lágrimas brotaron sobre las
mejillas de ambas mujeres—. ¡MaryAnne, No! ¡No
hables así! ¿Qué mal hiciste tú? ¡¿Acaso no la madre de
Nuestro Señor derramó lágrimas al pie de la cruz?!
—Catherine jaló la cabeza de MaryAnne hacia su
pecho y se inclinó, besándole la corona de la cabeza y
llorando mientras MaryAnne sollozaba indefensa.

—Ay, Catherine, mis brazos se sienten tan vacíos.

◆

"Tal oscuridad me atormentaba. Deseaba tanto escuchar la
risa de MaryAnne como un ebrio suplica por una botella. Y
por mucho, por las mismas razones."

Una hora antes de la puesta de sol, el oficial Brookes llamó a la puerta de la mansión Parkin con el dorso de su mano, sobre el vidrio grabado. Catherine lo recibió.

—Hola, oficial Brookes.

—Señorita Catherine. —Se quitó el sombrero y entró en la casa. Al mirar a su alrededor, divisó a MaryAnne, quien de pie en el balcón arriba del vestíbulo miraba en silencio hacia abajo. Rehuyó esa mirada triste.

—Llamaré al señor Parkin, —dijo Catherine sin apresurarse.

David salió al corredor. Tenía el rostro endurecido y sin expresión. Señaló el salón y Brookes lo siguió. Una vez dentro, David cerró la puerta.

—¿Arrestó a Barker?

—Sí, se encuentra en la cárcel, por ahora, —añadió.

David lo miró con un gesto de sorpresa. El oficial se

llevó la mano al mentón y contestó—. Estoy convencido de que Barker y sus hombres le prendieron fuego a la casa, pero no existen evidencias. No hay testigos del crimen. Por lo menos uno que lo admita. Barker tiene media docena de testigos que juran que él y Wallace estaban jugando cartas cuando ocurrió el incendio.

David guardó silencio por un momento mientras digería el mensaje. Se recargó contra una vitrina.

—Una cosa más. Su amigo negro fue salvajemente golpeado esa misma noche… un par de horas antes del incendio. Quien lo haya hecho lo dio por muerto.

La mandíbula de David se contrajo de indignación.
—¿Dónde está Lawrence?

—Lo atienden en el hotel para gente de color en la Segunda Sur. Tenía el rostro cubierto de sangre y le costaba mucho trabajo hablar, pero dijo algo acerca del robo de un reloj de oro. El que pertenecía a la tía de Hatt.

Brookes atravesó el cuarto y miró hacia fuera de la ventana al crepúsculo carmesí—. Tenemos a Barker en la cárcel, pero tendremos que soltarlo.

—¿Usted cree que Lawrence podría identificar a quienes lo golpearon?

—Los hombres usaban capuchas, pero aun cuando

pudiéramos probar que fue Barker y sus amigos, todavía no encontramos la forma de relacionarlos con su incendio. Si alguien no testifica, no hay nada que podamos hacer.

David sintió como una furia incontrolable le nublaba la mente—. Siempre hay algo que puede hacerse, —dijo casi para sí.

Una mirada de preocupación se reflejó en la expresión del policía—. Sé que esto puede tentarlo demasiado, señor Parkin, pero no haga justicia por su propia mano. Su esposa lo necesita. No le haría bien a nadie. —El oficial se caló el sombrero—. Lo siento, le haré saber si pasa algo. Uno nunca sabe… —Caminó hacia la puerta y luego se detuvo para volverse a David con una expresión sombría—. No haga algo que me obligue a arrestarlo. La injusticia de esto ya es tanta que me produce náusea.

Cuando lo vio alejarse, David regresó a la habitación y tomó un rifle Winchester de su armario. Sacó una bolsa del anaquel inferior y puso dos balas en la recámara. Inesperadamente apareció MaryAnne en la puerta.

—¿David?

—Él se volvió hacia ella.

—¿Qué dijo?

—Dijo que no hay nada que puedan hacer…

MaryAnne bajó la vista en un ademán mudo, deteniéndose la cabeza con las manos, luego miró a David—. ¿Qué haces?

Sus ojos eran como el granito—. Lo que debe hacerse.

MaryAnne se aproximó a él—. ¿David?

Él no la miraba.

MaryAnne se arrodilló ante él, le abrazó las piernas y se puso a llorar. Un minuto después lo miró, con ojos suplicantes.

—Ellos mataron a nuestra hija, —dijo fríamente.

—Los hombres que mataron a nuestra pequeña estaban enfermos de odio y venganza. ¿Tenemos que volvernos como ellos?

David aguardó un momento y luego la miró.

—Ese es el precio de la justicia.

—¡Qué precio, David! ¡¿Cuánto más deberemos de pagar?! —Ella aspiró profundamente, con la barbilla temblorosa—. ¿Acaso no hemos pagado ya lo suficiente?

—¿Quieres que olvide lo que nos han hecho?

MaryAnne se quedó sin aliento—. ¿Cómo podríamos olvidar lo que nos hicieron? Nunca lo olvidaremos. —Ella enderezó la cabeza y se encontró con su mirada—. Pero podemos perdonar. Tenemos que perdonar. Es todo lo que ella nos dejó.

—¿Perdonar? —preguntó David con suavidad. Se soltó y caminó hacia el otro extremo de la habitación—. ¡¿Perdonar?! —gritó incrédulo—. ¡Mataron a nuestra hija!

MaryAnne sollozó tapándose el rostro con las manos, luego, sin levantar la vista, habló con voz llena de aflicción—. Si este es el objetivo de la vida, intercambiar odio por odio, entonces para qué vivirla. El vengarnos no hará que regrese. El perdonar no tiene nada que ver con ellos, David. Es algo que tiene que ver con nosotros. Tiene que ver con lo que somos y en lo que nos convertiremos. —Ella lo miró, con los ojos inundados de lágrimas—. Tiene que ver con la forma en la que queremos recordar a nuestra hija.

Sus palabras resonaron en un silencio suplicante. David miró fijamente a su esposa—. ¿En qué nos convertiremos? —repetía débilmente. Dejó el rifle sobre el armario y luego se acercó a ella y cayó de rodillas, abrazándola mientras ella lloraba en su pecho.

—David, no creo que pueda volver a ser feliz en esta vida. Pareciera como si todo lo que tuviera que hacer fuera sobrellevar los eventos del día. Pero no puedo

tolerar más odio. Tenemos que dejar que termine aquí.
—Se limpió los ojos con la palma de su mano—. Ya
perdí a uno de ustedes por el odio.

Lo cogió de la manga, apretándolo con fuerza.
David volvió la vista hacia el arma y ella lo soltó como
él había hecho antes. Su voz adquirió un tono suave,
pero resuelto—. No puedo escoger por tí, David. Tú
eliges, no yo. Pero si decides hacerlo, te pido que me
prometas solamente una cosa.

David la miró a los ojos. Estaban rojos e hinchados,
pero aún hermosos.

—¿Qué quisieras que te prometiera, Mary?

—Que guardarás una bala para mi corazón.

CAPÍTULO ONCE

El Serafín y el Reloj

"De la misma forma que un niño para visualizar la nobleza conjura imágenes de reyes y reinas, adornados con sus majestuosas y reales vestimentas escarlatas. Como un hombre, suavizado por el tutelaje de la vida y el tiempo, he aprendido una gran verdad, la verdadera nobleza por lo general es un asunto silencioso y solitario, que no se hace acompañar de las fanfarrias de la aclamación. Y la mayoría de las veces, viste harapos."

Diario de David Parkin. 19 de Diciembre de 1913.

n decrépito vagón de tablones conducido por una vieja mula se detuvo pesadamente frente al andador de adoquín de la mansión Parkin. Al acercarse a la entrada de doble puerta, Lawrence aseguró la rienda y bajó de la caja. David había visto la carreta aproximarse desde la ventana de arriba y descendió las escaleras para encontrarse con él. Cuando llegó a la puerta principal, Lawrence ya estaba parado en el porche. Tenía la frente vendada con tiras blancas de lino, y el ojo derecho cerrado, casi sangrante. Él brazo izquierdo sostenido por un cabestrillo. Se quitó el sombrero, y lo sostuvo con la mano derecha sobre el pecho. Tenía los ojos llenos de lágrimas.

—Siento mucho lo de la pequeña Andrea, —dijo solemnemente.

David bajó la cabeza. Ambos hombres guardaron silencio.

En el piso de la carreta una sábana de lona cubría una forma delicada. Lawrence se enjugó los ojos.

—Quiero hacer algo. Quiero que tu Andrea tenga mi ángel.

Al principio David no dijo nada pero luego frunció el ceño—. No Lawrence. No podríamos.

—No tiene caso, David… me deshice de ella. Pensé en ello toda la noche. No tiene caso hacer creer a la gente que yo era alguien importante. Si voy al cielo, no importará tanto, todos los ángeles son iguales. Y si me quemo en el infierno, seguramente no me traerá gran satisfacción. Si estoy frío, como la muerte, no notaré la diferencia. No tiene caso, —dijo resuelto—, ya le dije adiós. Pero Andrea, bueno, esa Andrea es algo puro. Una niña debe tener un ángel. —Lawrence miró el camino, hacia el cementerio—. Se lo llevaré al sacristán. La gente que va a visitar la tumba debe tener algo especial. —Su voz se sofocaba mientras se limpiaba la mejilla con el hombro—. Marmol italiano genuino. Dile a MaryAnne que se trata de algo especial.

David miró al hombre con gran respeto.

—Es algo que tenía que hacer, —dijo solemnemente. Se puso el sombrero en la cabeza y se dispuso a partir.

—Lawrence.

—Sí, señor.

—Gracias.

Lawrence movió la cabeza y con una mano se arregló la ropa y enfiló la mula hacia el cementerio.

◆

"Hoy, algunas personas, pretendiendo ayudarme, me dijeron que sería un alivio terminar con este «asunto». Con qué poca delicadeza tocamos las cuerdas del corazón de los demás! ¡Con cuánta esperanza sobrellevaría ese dolor apenas por una mirada de ese rostro angelical! De qué forma me ali-

mentó con su inocencia. Alguna vez me confió que los árboles eran sus amigos. Le pregunté cómo es que lo sabía. Ella me contestó que porque siempre la saludaban. ¡Con qué claridad veía las cosas! ¡Tener esos ojos! Esos árboles en su nombre, siempre me saludarán a mí.

"Si alguna vez fuera a confortar a alguien, no trataría de suavizar su sufrimiento a través de un razonamiento estúpido. Solamente lo abrazaría para decirle que lamento su pérdida con todo el corazón."

DIARIO DE DAVID PARKIN. 29 DE DICIEMBRE DE 1913.

◆

"Cuán grande será la gazmonería que ritualiza mi dolor como para sellar mi correspondencia con cera negra".

DIARIO DE DAVID PARKIN. 31 DE DICIEMBRE DE 1913.

Cuando los brazos serpentinos de las manecillas del Reloj del Abuelo, consumieron las últimas seis horas del año menguante, Catherine encontró a David en el salón, sentado en la esquina ante el escritorio de cubierta de mármol, descalzo y vestido con ropa de cama y una bata roja. Escribía con una pluma de ave y un tintero de cristal de tinta China que descansaba al frente de la papelería. A sus espaldas un fonógrafo de boca ancha tocaba una aria de Caruso de *La Forza del Destino*.

—¿Señor?

David apartó la vista de la carta—. Sí, Catherine.

—Se encuentra aquí el oficial Brookes.

David levantó una esquina de la carta y sopló a la tinta—. Enseguida bajo.

—Le informaré. —Ella salió rápidamente. David dejó la pluma, ajustó el cinturón de la bata y descendió las escaleras. Brookes no estaba en el recibidor como esperaba sino afuera de la casa, a veinte metros de la puerta. Había rechazado la invitación de Catherine para entrar. Cosa rara, la carroza de policía estaba estacionada a la sombra de la entrada enrejada de la mansión y Brookes tuvo que caminar todo el sendero hasta la casa. David salió. Le pareció una escena poco usual y la expresión extraña en el rostro del oficial no ofrecía ninguna explicación.

—Ayer en la noche Wallace Schoefield se pegó un tiro en la cabeza, —dijo Brookes bruscamente.

David lo miró fríamente sin inmutarse. Ni siquiera pudo sentir compasión por el hombre.

—No pudo vivir pensando en lo que había hecho. Barker lo quería a usted, y Wallace y cuatro hombres más lo acompañaron. Dijo que no sabían nada de la niña.

David miró por encima del oficial al vehículo del policía tirado por caballos—. ¿A quién le dijo eso?

—Dejó una carta. Barker inició el fuego al dejar una botella de querosén en algún sitio detrás de la casa, pólvora, y un puro para que se encendiera cuando ellos se hubieran ido. Por eso Barker no estaba presente cuando el fuego comenzó.

A sus espaldas el caballo relinchaba y agitaba la cabeza impaciente.

—La niña fue asesinada en forma no intencional. — El oficial Brookes le dirigió una rápida mirada furtiva, luego sacó el revolver de la funda y se lo ofreció a David, quien lo miró inquisitivo. Los ojos de Brookes volteaban de aquí para allá con nerviosismo. Su voz adquirió un tono frío.

—Enviarán a Barker a prisión, pero no lo colgarán. Saldrá pronto. Debe morir por lo que hizo. Barker está encerrado en el carro. Si desea matarlo, diré que le disparé al capturarlo.

David acarició el arma en su mano. Estaba perfectamente balanceada y corrió las yemas de los dedos sobre las muescas que hacían resaltar el barril de metal. Lo miró fijamente por un instante, acarició su frente, y luego le devolvió el arma al oficial.

—No, —dijo con suavidad. Se volvió y comenzó a alejarse.

La respuesta sorprendió a Brookes quien regresó el arma a su funda—. Es mejor de lo que se merece, —le gritó.

David se detuvo y miró al oficial—. Sí, lo es. Pero no es mejor que lo que merece Andrea. —Contempló la carreta y arrugó el ceño—. Cumpla con su deber, oficial.

El oficial saludó con el sombrero—. Buenas noches, señor Parkin. Hasta el próximo año .

—Buenas noches, Brookes.

◆

A un llamado de Catherine, MaryAnne acudió al recibidor para reunirse con David. Lo encontró observando en silencio los doce altos ventanales que se alineaban en la pared norte. Se detuvo bajo el marco de la puerta, luego entró lentamente.

—¿David?

Él se volvió. Todavía vestía su bata, con la barba de varios días obscureciéndole la parte inferior del rostro.

Sus ojos estaban enrojecidos. Por un breve instante, ella sintió una punzada de aprehensión, como si se estuviera aproximando a un extraño, no a su amado.

—¿Recuerdas, Mary? Aquí recibimos a los invitados en nuestra boda. Ahora se ve tan distinto. —Observó a su alrededor como si el salón ocultara algo nuevo—. Por supuesto que había flores… y esa palma…

MaryAnne se frotó las manos detrás de la espalda. Sus palabras parecían fluir carentes de sentido. En ese momento sintió temor.

—Lo siento, estoy balbuceando como un idiota. —Se llevó una mano para acomodarse el pelo y exhaló pesadamente. Luego se volvió hacia ella—. No sé cómo debo actuar MaryAnne. No se cómo tiene que actuar un hombre.

MaryAnne lo miró de nuevo en silencio.

—Camino con esta expresión de piedra en mi cara como si fuera una estatua, pero no tengo un corazón de piedra. —Las lágrimas se asomaron en sus ojos—. Y me pregunto si este muro que he construido es para protegerme de algún peligro en el futuro o para conservar el último vestigio de humanidad que me queda. ¿Se supone que los hombres no deban sentirse perdidos? Porque así me siento, Mary. Siento que llevo un peso tan grande sobre mí, como si se tratara de un caballo que me cayera encima. — bajó la cabeza—. Extraño a mi pequeña y ni siquiera me siento digno de ese sentimiento.

Su voz comenzó a resquebrajarse.

—Era tan pequeña y necesitaba alguien que la protegiera. —Se llevó una mano al pecho. —Yo tenía que protegerla, Mary. ¡Cada uno de los instintos con los que nací me reclama que yo debí protegerla! —Su voz se elevó en un *crescendo* de enojo y luego cayó en un tono monótono de desesperación—. Y fallé. Peor que eso, causé su muerte. —Una lágrima rodó sobre su mejilla. Sus labios temblaron.

—Ay, lo que daría por tenerla sólo una vez más. Escuchar su perdón por haberle fallado. —Se limpió la mejilla y bajó la cabeza. MaryAnne atravesó el cuarto hasta donde se encontraba él, y luego se detuvo abruptamente. A su lado, sobre el mostrador, había dos balas. Ella lo miró pidiéndole una explicación. David miró las balas y luego a ella.

—Tenías razón. Es todo lo que ha quedado de ella. Todos mis sentimientos y amor por Andrea estaban en mi corazón… —se frotó los ojos— …y el odio mata al corazón. Aun a los ya rotos.

Respiró profundamente, luego, con angustia, dejó caer la cabeza en sus manos y comenzó a llorar—. Te necesito, Mary. Te necesito.

MaryAnne lo tomó en sus brazos, atrajo su cabeza hacia su pecho, mientras él caía arrodillado, y por primera vez desde la muerte de Andrea, lloró inconsolablemente.

◆

Cinco años después. Salt Lake City, alrededor de 1918

"Pareciera que hay momentos, que fueron hechos en un teatro cósmico, en donde se nos aplican pruebas extrañas y fantásticas. En estos momentos no le mostramos a Dios quienes somos, aunque seguramente Él ya lo sabe, sino a nosotros mismos."

DIARIO DE DAVID PARKIN. 8 DE DICIEMBRE DE 1918.

Era una noche muy fría y los vientos de invierno caían en ráfagas heladas sobre las partes bajas de las colinas de la cordillera Wasatch, corriendo por el valle con su aliento cristalino. Un par de horas después de ocultarse el sol, una niña, vestida inadecuadamente para una noche de diciembre como esa, tocó a la puerta de la mansión Parkin.

David estaba de viaje de negocios y como a Catherine se le había autorizado retirarse por el resto de la tarde, MaryAnne salió al recibidor para encontrarse con el pequeño visitante de invierno. Al abrir la puerta sintió como un escalofrío le recorría la espina dorsal. MaryAnne reconoció a la pequeña de inmediato. Era la hija de Cal Barker.

—¿Qué te trae por aquí, niña? —MaryAnne preguntó con delicadeza.

La pequeña levantó la cabeza tímidamente. Tenía el rostro enflaquecido y vestía ropajes sucios y en malas condiciones.

—Quisiera un poco de comida, señora, —contestó con humildad.

MaryAnne la observó un momento, luego lentamente se apartó de la puerta. —Entra.

La niña pasó adentro de la casa. Sus ojos se maravillaban ante la riqueza y belleza del lugar. MaryAnne la condujo por el corredor, hasta el comedor donde jaló una silla de la mesa.

—Siéntate, —dijo.

La niña obedeció, empequeñecida por la ornamentada silla de respaldo alto. MaryAnne abandonó la habitación, y regresó poco después con un plato de pan y requesón, una pera partida en trozos y un pequeño tazón con caldo. Luego se quedó observando en silencio, mientras la niña devoraba la comida. Cuando terminó de comer, la pequeña se recargó en el respaldo y miró a su alrededor. Sus ojos se posaron sobre un pequeño marco de oro con la foto de Andrea, quien llevaba puesto un hermoso vestido de terciopelo ocre oscuro con un babero de encaje atado al corpiño. Le sonrió a MaryAnne.

—¡Tiene una niña pequeña!

MaryAnne la miró fijamente y luego negó lentamente con la cabeza—. No. Ya no.

—¿Dónde está? —Los ojos cafés de la niña parpadearon con curiosidad, cubiertos parcialmente por los largos y sucios mechones que le caían sobre el rostro.

—Tenía suerte de vivir en esta casa.

MaryAnne dirigió la vista hacia el tapete persa y contuvo las lágrimas que estaban a punto de salir—. Se fue. Tuvo que irse. —Respiró profundamente—. ¿Cuántos años tienes, niña?

—Tengo nueve años.

MaryAnne le observó cuidadosamente el rostro. Le pareció que aparentaba más de nueve años siendo una niña que había experimentado la cruda realidad de la vida—. ¿Cómo te llamas?

—Martha Ann Barker, señora.

MaryAnne se puso de pie y caminó hacia la ventana. Afuera la nieve caía en pequeñas cantidades y a la distancia se podía ver cómo se apilaba a lo largo de la calle pavimentada—. Mi hija cumpliría nueve años este invierno, —dijo MaryAnne frente a los ventanales helados. Luego fijó la vista en la oscuridad—... este enero.

—Entonces se volvió hacia su pequeña visitante—. Es tarde para que estés afuera.

—Tenía hambre.

—¿Tus padres no tienen comida?

Movió la cabeza—. Mi padre estuvo en la cárcel. Nadie le da trabajo.

La franqueza de la niña la sorprendió—. ¿Sabes por qué lo encarcelaron?

Volvió a negar con la cabeza—. Los chicos dicen que mató a una niña. Le pregunté a mi mamá pero cada vez que lo hago, solamente llora.

MaryAnne movió la cabeza lentamente—. ¿Por qué viniste aquí? ¿A esta casa?

—Vi el fuego desde la calle. Se veía tan caliente y agradable adentro.

—El fuego… —repitió MaryAnne suavemente. Se sentó a la mesa junto a su invitada, meditando sobre la extraña circunstancia que las había reunido. Se le había dado un regalo. Un terrible y maravilloso regalo. La oportunidad de contemplar su propia alma. Se sentó inmóvil, con las manos juntas sobre su regazo, mientras en su mente se arremolinaban las emociones. Luego una sola lágrima rodó por su mejilla. La niña la miró con curiosidad. MaryAnne se acercó a ella y le tomó el rostro entre las manos.

—Tienes que recordar esta noche siempre, Martha. Aquí te queremos. Tienes que recordarlo por el resto de tu vida.

La niña la miró fijamente, desconcertada.

—Algún día lo comprenderás. —MaryAnne se puso de pie—. Espera un momento, querida. —Salió y luego regresó con una pequeña bolsa de harina y un trozo de tocino salado en lata, tanto como pensó que la pequeña podría llevarse consigo. En una servilleta que acomodó en la lata, MaryAnne envolvió tres monedas de oro.

—¿Puedes cargarlo?

Martha asintió—. Sí, señora, soy fuerte.

MaryAnne asintió con tristeza—. Me doy cuenta de ello. Ahora corre a casa y llévale esto a tu mamá. —Luego acompañó a Martha de regreso al recibidor y abrió la puerta. Un aire helado penetró adentro de la casa—. Recuerda Martha, siempre serás bienvenida aquí. Te queremos.

La pequeña se alejó de la puerta, dió unos cuantos pasos y se volvió—. Gracias, señora.

—De nada, pequeña.

Dirigió una mirada de gratitud a la mujer—. No se ponga triste. Su pequeña regresará a casa. —La niña sonrió inocentemente y se alejó rápidamente, desapareciendo en la noche invernal. MaryAnne cerró la puerta y se recargó contra ella sollozando.

A la mañana siguiente, los primeros rayos de luz iluminaron las ventanas del recibidor con brillantez resplandeciente, encontrando a MaryAnne, en el lugar que acostumbraba desde hacía cinco años, ante la chimenea, leyendo la biblia. La biblia que David le había traído en una caja de madera, junto con una caja de música de porcelana y un vestido de talla grande que nunca sería usado. El libro era testigo de su devoción a ese ritual diario, y estaba marcado con lágrimas y páginas arrugadas. MaryAnne había seguido esa rutina desde que había perdido a Andrea, aferrándose a las palabras como quien nunca se quita un anillo.

Al finalizar su lectura, MaryAnne se enjugaba los ojos y guardaba el libro en un anaquel muy ornamentado de palo de rosa. Tomaba su abrigo y bufanda y miraba hacia afuera antes de emprender su camino hacia la estatua del ángel.

El aire de invierno era húmedo y pesado, traía consigo la humedad que arrastraba del Great Salt Lake, cuyo contenido saturado de sales evitaba que se congelara aun en los inviernos más severos.

A lo lejos MaryAnne podía ver el ángel en lo alto de un mausoleo, con la cabeza y las alas cubiertas de nieve recién caída. Caminaba solemnemente, con la cabeza agachada. No necesitaba ver el camino. Hubiera podido caminar por él sin siquiera mirarlo.

Repentinamente se detuvo.

En la nieve fresca había huellas que conducían al ángel. Huellas pesadas, bien marcadas de alguien grande que había venido y luego se había ido pisando por donde había llegado, no sin antes dejar evidencia de su visita en la base de la tumba. MaryAnne se acercó pensativamente. Alguien, esa misma mañana, se había arrodillado a los pies del ángel.

Al acercase se dió cuenta de que habían limpiado la nieve del pedestal de piedra. En la superficie vio un pequeño paquete, un saco de harina blanca muy bien atado con cáñamo. Miró a su alrededor. El sol de la mañana iluminaba el suelo y la nieve se esparcía como una sábana cristalina y virgen. Todo estaba quieto, silencioso y solitario.

Sin hacer ruido, se agachó y levantó la ofrenda. Conforme la tomaba, su contenido dejaba traslucir un reflejo dorado a través del material, la suave brillantez del tesoro que contenía. Allí, sin una nota, en el piso de granito del monumento habían dejado un reloj de oro en forma de rosa.

CAPÍTULO DOCE

La Dote

Salt Lake City, 1967

Me detuve frente a la habitación de Jenna sosteniendo el estuche de terciopelo en las manos. Sentí la garganta seca mientras deslizaba la caja en el bolsillo de mis pantalones y llamaba suavemente a la puerta. Una voz dulce contestó.

—Adelante.

Entré a la habitación. Jenna se encontraba sentada en la cama escribiendo en su diario. Una corona de novia, protegida por una bolsa transparente, colgaba de la puerta del closet sobre una caja que contenía un par de zapatillas blancas de satín.

—Hola, mi amor.

Su rostro dejaba ver esa mezcla única de melancolía y excitación producida por la ocasión. Me senté a su lado en la cama.

—¿Estás lista para mañana?

Jenna se encogió de hombros—. Creo que nunca estaré lista.

—Yo pensaba lo mismo, —dije—. Una vez leí un poema acerca del dolor que sentía un padre al enviar a su hija a otra villa a casarse. Fue escrito hace cuatro mil años. Quizá las cosas realmente nunca cambian.

Jenna bajó la cabeza.

—Quiero convencerme de que esto es lo que siempre había esperado para ti. Todo lo que siempre he deseado para ti es que seas feliz.

Se me acercó y me abrazó.

—Hay algo que necesito darte. —Saqué el estuche de mi bolsillo y lo deposité en sus manos. Sus ojos brillaron de gusto cuando lo abrió.

—Es hermoso. —Levantó el delicado reloj del estuche, mientras lo admiraba sosteniéndolo de un extremo—. Gracias.

— No te lo doy yo, —dije—. Es el regalo de alguien que te quería mucho. —Jenna me miró sorprendida.

—Es de MaryAnne.

Mis palabras resonaron extrañas aun para mí, el nombre grabado sobre una lápida cerca del ángel de piedra que visitábamos cada Navidad, ahora resucitaba por el simple acto de dar.

—MaryAnne, —repitió. Ella buscó en mis ojos—. Realmente no la recuerdo, —dijo Jenna con tristeza—. No precisamente, recuerdo que me cargaba en su silla mientras me leía. Que bien me sentía en su compañía.

—Entonces la recuerdas Jenna. Te amaba como si fueras suya. Y en cierta forma lo eras.

Jenna volvió a mirar el reloj.

—Hace diecinueve años MaryAnne me pidió que te diera esto una noche antes de tu boda. Era su más preciada posesión.

Jenna sacudió la cabeza sorprendida—. ¿Quería que fuera mío?

Asentí—. MaryAnne daba muy buenos regalos, —dije.

Volvió a depositar el reloj de oro en su estuche, lo dejó en su mesa de noche, y luego suspiró—. También tú, Papá.

Sonreí.

—¿Papá?

—¿Si?

Ella volteó hacia otro lado pero noté que su barbilla

temblaba mientras se esforzaba por hablar. Al volverse sus ojos llorosos se encontraron con los mios—. Dime, ¿cómo le agradeces a alguien por toda una vida?

Me enjugué una lágrima que me rodaba por la mejilla y volví a admirar los hermosos ojos de mi hija. Luego, en ese momento agridulce, comprendí las palabras del regalo de MaryAnne. El gran regalo. El significado del reloj.

—Debes regalarlo tú, Jenna. Regálalo. —Tomé a mi hija entre mis brazos y la apreté fuerte contra mi pecho. Mi corazón palpitaba por los recuerdos, herido por el dulce dolor de la separación. Esto es lo que significa ser padre y siempre ha significado. Saber que un día volveré la vista y mi pequeña se habrá ido. Finalmente, haciendo un esfuerzo, la dejé y me eché hacia atrás, admirando su rostro angelical. Era la hora. La hora de que el ciclo empezara de nuevo.

—Es tarde, querida. Mañana es el gran día, —me incorporé y la besé tiernamente en la mejilla—. Adiós, mi amor.

Era el adiós a una época. A un momento que nunca se repetiría. Sus ojos brillaron con tristeza y amor—. Adiós, papá.

El silencio de la tarde nevada envolvía el momento y

el tiempo parecía detenerse por un instante. Por nosotros.

Di un gran respiro, me levanté de su lado y con un último abrazo, salí del cuarto. Descendí la escalera con la ligereza que concede el haber comprendido algo. Comprendí lo que MaryAnne quería decirme con el regalo. El regalo que Jenna me había dado era la vida. Ese primer aliento que alguna vez le había dado me regresaba lleno de gozo infinito, vida y comprensión.

En la luz mortecina de la entrada, abajo, el Reloj del Abuelo sonó una vez marcando la hora, y yo me detuve en la base de la escalera para mirar a ese rostro irreconocible del tiempo, como quizá, MaryAnne y David lo habían hecho hacía muchos años.

Esa reliquia nos sobrevivirá a todos, pensé, así como ha sobrevivido a generaciones antes de nosotros, porque dentro de ese cotillón de engranes, niveladores y pernos, existe el tiempo. Tiempo para sobrevivir lo humano. Sin embargo, dentro de mi corazón, algo me dijo también que quizá existe una cualidad en el amor que perdura eternamente, que haga que un amor como el de MaryAnne, y como el mío, pueda existir por siempre.

No pueda. Deba. Este era el mensaje del reloj. Dejar

este mundo y aspirar algo mucho más noble, en un reino donde no existen las fronteras del tiempo.

Eché una ojeada a las escaleras para ver como se apagaba la luz en el dormitorio de mi hija, y sonreí. Hace veinte años después de su muerte, MaryAnne había destinado para mí, un último regalo. Pero necesitaba comprender su significado. Me pregunté si de alguna forma, en algún reino desconocido, MaryAnne estaría complacida, observando como finalmente había aprendido la lección. Ahora entiendo que hay ciertas cosas, como el amor de los padres, que perduran para siempre y ocupan un lugar y un tiempo en donde quien tiene un corazón roto y sufre, verá sanar sus heridas por toda la eternidad. Y si en la inmensidad del silencio del universo misterioso, o en la tranquilidad del corazón del hombre, existe un lugar como el cielo, entonces seguramente será éste.

Richard Paul Evans es el autor de *El Regalo de Navidad*, un libro de mayor venta. Él vive en Salt Lake City, Utah, con su esposa, Keri, y sus tres hijas, Jenna, Allyson, y Abigail. Actualmente trabaja en su próxima novela.